SAINT
ANTOINE DE PADOUE

ou

LE SAINT AUX PRODIGES

« Si vous voulez des miracles, allez à saint Antoine de Padoue. »
SAINT BONAVENTURE.

A. M. D. G.

PARIS-LILLE

A. TAFFIN-LEFORT

IMPRIMATUR :

† ERNESTUS,

Cardinalis S. R. E.
Episcopus Ruthenensis et Vabrensis.

SAINT ANTOINE DE PADOUE

Le Lis du Portugal, l'angélique saint Antoine de Padoue.

Au milieu de cette glorieuse phalange de saints donnés à l'Église par l'Ordre Séraphique, brille avec éclat l'immortel Antoine de Padoue. Son culte est des plus répandus et des plus populaires; il existe dans tous les lieux et dans toutes les familles chrétiennes. Un des plus anciens souvenirs de chacun de nous n'est-il pas d'avoir entendu une mère pieuse et bien-aimée adresser, dans un pressant besoin, une prière à saint Antoine de Padoue? Et dans notre vie, ne nous est-il pas arrivé souvent d'avoir recours à lui pour retrouver un objet perdu?

Mais on s'adresse encore à ce grand ami de Dieu pour obtenir les plus grandes faveurs spirituelles. Par son crédit, le pauvre pécheur obtient une grâce de conversion qui lui fait retrouver, avec l'innocence, la paix et le bonheur. L'affligé trouve l'adoucissement à tous ses maux; l'enfant, la grâce de marcher à son exemple dans les voies de Dieu : la mère chrétienne, le retour de l'enfant prodigue.

Ce Saint si privilégié du Ciel ne refuse à personne son appui et sa protection : il est toujours prêt à recevoir les demandes qui lui sont adressées, et à les présenter à Dieu par les mains de Marie, afin de nous obtenir, par sa médiation toute puissante, les faveurs que nous sollicitons.

Voilà le secret de la vertu efficace des prières, des neuvaines faites à ce grand Saint. « Si vous voulez des miracles, disait saint Bonaventure, allez à saint Antoine de Padoue ; c'est le serviteur chéri de Jésus et de Marie. Dieu aime à glorifier celui qui, sur la terre, n'a désiré que sa gloire et le salut des âmes. »

Ce Saint, surnommé à bon droit le Thaumaturge franciscain ou le *Semeur de miracles,* naquit à Lisbonne dans un palais contigu à une grande et magnifique église dédiée à la Sainte Vierge. Il eut pour père Martin de Bouillon, et pour mère Marie-Thérèse de Tavéra. Ces heureux époux étaient l'un et l'autre d'une grande foi, d'une éminente piété et de la plus illustre origine. Des parents solidement chrétiens sont, pour l'enfant qui arrive à la vie, le gage le plus sûr du bonheur spirituel et temporel.

Ferdinand — c'est le nom qu'il reçut au baptême — fut initié à la vie chrétienne sur les genoux de sa pieuse mère (1). Dès qu'il put balbutier quelques

(1) Son corps repose dans la chapelle dédiée à son fils près de Lisbonne. Sur la tombe de cette heureuse et glorieuse mère sont gravées ces paroles : *Hic jacet mater sancti Antonii.* « Ici repose la mère de saint Antoine. »

mots, Marie-Thérèse lui fit prononcer les noms sacrés de Jésus et de Marie. Pleine de dévotion pour la Très Sainte Vierge, elle s'empressa de parler à son fils de sa puissance, de sa bonté, et l'habitua à réciter fréquemment la *Salutation angélique*, et à se consacrer chaque jour à la Mère tout aimable et tout aimante. Ce fut le principe de l'amour si vif de l'angélique enfant pour la Vierge immaculée, et du culte spécial qu'il lui voua jusqu'au dernier soupir.

Ferdinand de Bouillon échangea son nom contre celui d'Antoine, en entrant dans l'Ordre du Séraphin d'Assise. Devenu religieux, il fut un modèle accompli de toutes les vertus. Prédicateur célèbre, il attirait les foules autour de la chaire sacrée. Panégyriste éloquent des gloires de Marie, il cherchait à inoculer dans les âmes la dévotion à cette divine Vierge, afin d'assurer ainsi leur salut éternel. La passion de Jésus et les douleurs de la Très Sainte Vierge faisaient souvent le sujet de ses méditations. Il avait une tendre dévotion à l'enfance du Sauveur, surtout depuis le jour où l'Enfant divin était venu se reposer dans ses bras et lui donner un avant-goût des joies du ciel!

Il disait souvent avec le grand Apôtre, dont il reproduisait si bien les vertus et les travaux : « Je souhaite ardemment la dissolution de mon corps, afin d'être réuni à Jésus-Christ. »

L'heure de la récompense arriva. Se sentant près de sa fin, il demanda les derniers sacrements, qu'il reçut avec une ferveur admirable. En rendant grâces à Jésus, le bien-aimé de son cœur, Antoine n'oublia pas sa tendre Mère, la bonne et douce Vierge Marie.

Il voulut l'associer aux louanges de son Fils, et se mit à chanter d'une voix mélodieuse son hymne chérie : *O gloriosa Domina !*

Un rayonnement divin illumina alors la figure d'Antoine. La Sainte Vierge lui apparaissait !... Elle était, pour son fidèle serviteur, l'avant-coureur d'une grâce plus grande encore, et il s'écria :

— Je vois mon Dieu : il m'appelle à Lui !

Et il s'envola vers son Créateur, le soir d'un vendredi, le 13 juin 1231, à l'âge de trente-six ans.

L'innocence de saint Antoine était celle d'un ange, et ce furent les anges de la terre qui annoncèrent la triste nouvelle aux habitants de Padoue, en criant de tout côté :

— Le Saint est mort, Antoine est parti pour le Ciel !

Le Saint était mort, en effet, mais ses traits ne parurent nullement altérés ; sa peau desséchée devint blanche, et ses membres conservèrent une souplesse étonnante. La mort des élus n'a rien que de consolant ; ce n'est pas la destruction, c'est l'aurore d'une nouvelle vie !

Ses funérailles devinrent un triomphe. Une magnifique église fut élevée en son honneur. Ainsi les sépulcres des élus participent à la gloire du sépulcre du Christ ! Ainsi les amis de Dieu reçoivent, même parmi les hommes, les honneurs qu'ils ont méprisés durant leur passage ici-bas ! Que sont les tombeaux des rois, des princes, des grands de la terre, en présence des tombeaux de saint François d'Assise et de saint Antoine de Padoue ?... « Le Seigneur a renversé les puissants de leur trône, et il a élevé les humbles !... Il est le *Tout-Puissant !* »

Le Saint aux miracles, canonisé, par un privilège spécial, un an après sa mort (1).

Les miracles qui s'opérèrent au tombeau de saint Antoine furent si nombreux, qu'ils déterminèrent le pape Grégoire IX à faire incessamment les informations nécessaires au procès de canonisation. L'affaire fut terminée en peu de temps, et l'illustre Thaumaturge reçut les honneurs insignes de la canonisation, l'année même qui suivit sa bienheureuse mort. Faveur qui n'avait même pas été accordée à saint François d'Assise.

Nous allons rapporter quelques-uns des miracles qui furent lus le jour même de la cérémonie : il serait trop long de les énumérer tous.

Le jour où le corps d'Antoine fut porté dans l'église *Sainte-Marie*, une femme nommée Cuniza, qui ressemblait à un monstre, tant elle était boiteuse, bossue et voûtée, se traîna, comme elle put, au tombeau du Bienheureux. Elle y pria quelque temps, et tout à coup elle se sentit guérie : ses difformités avaient complètement disparu.

Une jeune fille de Padoue, nommée Marie, avait été tellement maltraitée par le démon, que ses vertèbres se trouvaient disloquées et même brisées. Son état était des plus tristes, et elle endurait depuis cinq ans d'atroces douleurs. On la conduisit au tombeau de saint Antoine, et sur-le-champ ses souffrances cessèrent.

Un ouvrier, nommé Dominique, s'était rendu à

(1) M. l'abbé Guyard.

son travail, accompagné de son fils en bas âge. Après avoir marché quelque temps, il ne vit plus son enfant. Il courut à sa recherche et finit par le découvrir dans une mare d'eau. Il le retire et le porte à sa malheureuse femme. Mais, hélas! ce n'était plus qu'un cadavre. La mère, éplorée, se jette à genoux, implore avec foi la protection de saint Antoine; sa confiance n'est point déçue, car l'enfant revient aussitôt à la vie.

Agnès, encore enfant, était, depuis trois ans, sujette à des vomissements presque continuels : son estomac ne pouvait garder aucune nourriture. Elle dépérissait à vue d'œil, et son gosier se resserrait tellement qu'à peine pouvait-elle avaler la salive. On la présenta au sépulcre du Saint, et son mal disparut comme par enchantement.

Samaritana, autre jeune fille des environs de Padoue, étant occupée avec ses compagnes à cueillir des légumes dans le jardin de son père, fut tout à coup frappée d'une paralysie des jambes. Il fallut la porter chez elle. Il y avait trois ans qu'elle était réduite à se traîner misérablement sur ses mains, lorsque sa mère se décida à la conduire à l'église du Saint. Après s'être confessée, la malade s'approcha des reliques. Elle pria quelque temps, et alors elle se sentit entièrement rétablie. Elle eut la force de retourner à pied dans sa paroisse, où elle fut reçue au son des cloches et au milieu des chants d'actions de grâces.

Au territoire de Concordia, ancienne ville du Frioul, se trouvait un certain Frédéric qui, en voulant sonner les cloches, se laissa tomber d'une grande hauteur. Il eut les reins tellement brisés, qu'il ne pouvait marcher ni même se mouvoir qu'à l'aide de béquilles. Il se rendit au tombeau de l'apôtre, y fit un vœu, et aussitôt il se trouva guéri. On le vit avec admiration laisser ses béquilles dans l'église et regagner son pays.

Un enfant appelé Albert, âgé de onze ans, avait, depuis sa naissance, le pied gauche horriblement déformé; la partie supérieure touchait à terre et les doigts recourbés se joignaient au talon. La mère de ce jeune malade, l'ayant conduit au tombeau du Saint, le fit tenir un instant au-dessus des reliques. Une sueur abondante couvrit alors les membres du pauvre estropié; et quand les gardiens le rendirent à sa mère absorbée dans la prière, elle vit avec une indicible joie qu'il marchait sans difficulté.

Un autre jeune homme, appelé Veridiolo, atteint d'une violente maladie des reins et ayant la tête courbée jusqu'à terre, fut aussi conduit par sa pieuse mère au merveilleux tombeau. Là, ses douleurs augmentèrent tout à coup; mais, quelques instants après, il ne ressentait plus aucun mal.

Une jeune fille nommée Caroline, aveugle depuis sept ans, recouvra subitement la vue, en priant durant quelques moments devant les reliques du Saint.

A Monopoli, un jeune homme qui creusait une fosse profonde fut enseveli par un éboulement. La pauvre mère, au désespoir, courut au monastère voisin et supplia les religieux de venir au secours de son fils. Ils viennent à la hâte avec divers instruments aratoires. Pendant qu'ils travaillaient avec ardeur, la mère, désolée, ne cessait d'invoquer saint Antoine, et de lui demander son fils. On le trouve enfin, mais on le crut mort tant il avait été fortement contusionné. Quelle ne fut pas leur surprise quand le jeune homme se mit à parler.

— Le bienheureux Antoine m'a sauvé, dit-il, en tenant sa main sur mon gosier.

La pauvre mère, pleine de reconnaissance, publiait les bontés et la puissance de son bien-aimé Saint.

Le récit de ces miracles et de beaucoup d'autres (1), d'une authenticité bien établie, impressionna vivement l'assemblée réunie pour la canonisation. Des larmes de bonheur mouillaient tous les yeux, et de tous les cœurs s'échappaient des cris d'admiration et de reconnaissance. Ces faits merveilleux intéressaient d'autant plus qu'ils étaient tous récents, qu'ils avaient eu lieu dans la contrée même, et que plusieurs des assistants en étaient les témoins oculaires. Dès que le lecteur eut quitté l'estrade qu'il occupait, le Saint-Père se leva majestueusement, et, debout sur son trône, il déclara, après avoir invoqué le Nom adorable de la Très Sainte Trinité, qu'il inscrivait au catalogue des Saints le bienheureux Père Antoine; que sa fête serait fixée au jour anniversaire de sa sainte mort, et qu'une indulgence d'une année était accordée, à perpétuité, à tous les fidèles contrits et confessés qui visiteraient son tombeau pour cette solennité ou durant son octave.

La cause était finie, puisque l'oracle de la vérité,

(1) Le père de Vince dit que le nombre des miracles lus pendant la cérémonie de canonisation fut de 50. (*Vita de S. Antonio*, lib. III, cap. III.

le Vicaire de Jésus-Christ avait parlé au nom de son divin Maître. Aussi, de toutes les parties du temple, une immense acclamation d'actions de grâces s'éleva vers le Pontife et vers le Ciel. La joie inondait toutes les âmes et se reflétait sur tous les visages !...

Les cardinaux et les évêques entonnèrent aussitôt le *Te Deum*, et tous les assistants mêlèrent leurs voix à celles des princes de l'Église, durant ce chant de triomphe que les chœurs angéliques répétaient dans les cieux.

« O Dieu ! nous vous louons ; ô Seigneur ! nous vous glorifions.

» Tous les Anges, les cieux et toutes les Puissances, les Chérubins et les Séraphins redisent éternellement :

» Saint, saint, saint est le Seigneur, Dieu des armées !

» Daignez donc, Seigneur, secourir vos serviteurs, que vous avez rachetés de votre précieux sang. Faites qu'ils soient comptés parmi vos saints dans la gloire éternelle !

» Sauvez votre peuple et bénissez votre héritage ! »

Le cantique achevé, Grégoire IX entonna à haute voix l'antienne suivante, que tout le clergé continua avec enthousiasme : *O Doctor optime :* « O Docteur excellent, lumière de la sainte Église, bienheureux Antoine, vous qui avez tant aimé la loi divine, intercédez pour nous auprès du Fils de Dieu. »

Le Saint-Père chanta ensuite le verset et l'oraison; puis la brillante cérémonie se termina par la bénédiction papale.

Le jour de la canonisation de saint Antoine, il arriva à Lisbonne un événement extraordinaire, toutes les cloches de la ville sonnèrent à la fois, et exécutèrent de brillants carillons, sans qu'aucune main les eût mises en branle, témoignant ainsi de la joie universelle qui animait les âmes, et devait se ressentir d'autant plus dans la ville natale de ce Saint, devenu dans le sentiment général le *Saint aux miracles*, comme on l'a appelé pendant tout le Moyen Age, et comme il mérite bien qu'on l'appelle encore aujourd'hui.

LE PAIN DE SAINT ANTOINE DE PADOUE

De temps immémorial, il existe à Padoue l'usage de distribuer du pain en l'honneur de saint Antoine, à tout pauvre qui se présente. Cet usage consacre le souvenir de la charité inépuisable du Saint. L'œuvre du Pain des pauvres n'a donc point pris naissance dans telle ville plutôt que dans telle autre: elle est tout à fait dans l'esprit de l'œuvre Antonienne. Voici cependant le point de départ de sa généralisation en France.

« Un matin, écrit la Zélatrice de Toulon, je ne pus ouvrir mon magasin; la serrure à secret se trouvait cassée. J'envoie chercher un ouvrier serrurier, qui porte un grand trousseau de clefs et travaille environ pendant une heure; à bout de

patience, il me dit : « Je vais chercher les outils
» nécessaires pour enfoncer la porte, il est im-
» possible de l'ouvrir autrement. » Pendant son
absence, inspirée par le bon Dieu, je me dis : « Si tu
» promettais un peu de pain à saint Antoine pour
» ses pauvres, peut-être te ferait-il ouvrir la porte
» sans la briser.

» A ce moment, l'ouvrier revient, amenant un
compagnon. Je leur dis : « Messieurs, accordez-moi,
» je vous prie, une satisfaction : je viens de promettre
» du pain à saint Antoine de Padoue pour ses pau-
» vres ; veuillez, au lieu d'enfoncer ma porte, essayer
» encore une fois de l'ouvrir, peut-être ce Saint
» viendra-t-il à notre secours. » Ils acceptent, et voilà
que la première clef qu'on introduit dans la serrure brisée ouvre sans la moindre résistance.

» J'étais exaucée, et je tins ma promesse.

» L'idée me vint ensuite de mettre dans l'arrière
boutique une statue de saint Antoine ; j'allais y
prier, d'autres y allaient avec moi. Nous deman-
dions de nouvelles faveurs avec promesse de pain
pour les pauvres ; avec cette promesse, nous étions
pénétrées de confiance, et nous obtenions la réali-
sation de nos désirs. »

L'œuvre du pain des pauvres est maintenant fondée, et
elle se propage avec une rapidité étonnante, et vraiment
providentielle. Chaque ville, chaque paroisse veut ériger
sa statue à saint Antoine, et partout on s'applaudit de cette
initiative, qui vient en aide à la détresse et au malheur.

LE TRONC DE SAINT ANTOINE

Dans les églises ou chapelles où saint Antoine est spécialement honoré, on trouve généralement, au pied de sa statue, un tronc où on dépose par écrit les demandes qu'on fait à ce grand Saint, les promesses par lesquelles on s'engage à lui témoigner sa reconnaissance pour les grâces obtenues par son intercession.

Ces billets ne portent point de signature. Saint Antoine connaît seul le nom de ses clients, aussi on écrit en toute liberté. A Toulon, parmi une infinité d'autres, on trouvait celui-ci : « O saint Antoine de Padoue, si puissant et si bon, obtenez-moi un parfait renoncement aux vanités du monde, le désir toujours plus grand d'aimer Jésus et sa croix, etc. »

Un petit enfant de cinq ans, avait écrit, lui aussi, une petite lettre :

« Saint Antoine de Padoue, Maman m'a dit que vous étiez si bon ! je veux vous donner tout l'argent de ma petite bourse, si vous me faites gagner la croix. »

On trouve ailleurs des billets tout aussi parfumés de piété et de naïve confiance. En voici quelques extraits :

« Mon bon saint Antoine, je vous supplie d'obtenir à mon frère toutes les grâces dont il a besoin pour qu'il ait le courage d'éviter les mauvaises compagnies, et pour qu'il donne beaucoup de consolation à Maman quand il rentrera à la maison. »

« Mon bien-aimé Saint, je vous prie instamment

de m'obtenir de Jésus la grâce de conserver mon âme toujours pure et exempte de tout péché mortel. »

« Grand saint Antoine, protecteur des soldats chrétiens, obtenez à mon frère, qui est au service, de rester pur, et faites qu'aucun malheur ne lui arrive. Conservez-le à mes parents, et je dirai tous les jours une prière en votre honneur. »

« Saint Antoine de Padoue, obtenez-moi la grâce de connaître ma vocation, et qu'à Pâques il n'y ait aucun membre de la famille qui fasse un sacrilège. Obtenez-nous encore de faire une sainte mort. »

« Saint Antoine, je sais que vous êtes bien bon, obtenez-moi de passer ma vie sans commettre un péché mortel, et la grâce que mes deux frères fassent bien la première communion. Faites que ma sœur soit bien sage, et que nous nous retrouvions tous au ciel. »

Voici des billets plus courts mais qui ne sont pas moins expressifs :

« Bon saint Antoine, donnez-moi la santé. »

« Grand saint Antoine, convertissez mon fils. »

« Saint Antoine, accordez-moi la grâce de connaître ma vocation. »

« Saint Antoine de Padoue, faites-moi trouver une place, etc., etc. »

Souvent ces demandes se terminent par la promesse : « Je vous promets, si vous m'obtenez cette faveur, de donner tant de bon pain pour vos pauvres. »

Le bon Saint accueille ces demandes, qui lui arrivent de tous côtés, et il va les présenter à Jésus.

Quand le bon Saint était sur la terre, l'Enfant Jésus venait, en effet, caresser son angélique serviteur et lire dans ses yeux les pensées suaves de son âme ; le bon Saint, s'oubliant lui-même, lui transmettait d'un regard, avec ses sentiments d'adoration et d'amour, les demandes de tous les pauvres et de tous les malheureux. C'est ce qu'il continue de faire en Paradis.

Il n'en coûte pas plus à l'Enfant-Jésus d'accorder 100,000 faveurs qu'une seule !...

Étonnez-vous ensuite de voir les autels du cher Saint toujours entourés de solliciteurs, apportant prières, demandes, cierges, fleurs et remerciements.

Depuis le *général* jusqu'à l'*artisan*, tout le monde, aujourd'hui, connaît saint Antoine.

Les lettres ou billets ont des adresses qui doivent attirer le sourire de notre aimable Thaumaturge :

— Au grand saint Antoine, *Semeur de miracles.*

— A saint Antoine, *Trésorier de l'Enfant-Jésus.*

— A saint Antoine, le grand saint, renommé par ses prodiges.

— Au bon saint Antoine, *Père des pauvres.*

— A saint Antoine, qu'on ne supplie jamais en vain, etc., etc.

Aux lettres de demandes se joignent celles des actions de grâces.

« Mon bien-aimé saint Antoine, vous m'avez exaucé *bien au delà de mes espérances*, aussi je vous prends pour un de mes premiers protecteurs auprès de *Jésus, Marie* et *Joseph.* Pour vous faire connaitre et aimer davantage, je vais envoyer de tous côtés les brochures qui ont pour but de signaler vos faveurs, afin que les prières et les hommages qui vous sont rendus se multiplient pour la consolation des affligés, et la conversion des malheureux pécheurs. »

« Saint Antoine de Padoue, j'ai gagné la croix et je vous porte cinq sous; faites-la-moi gagner encore pour que Maman soit contente, et je vous en donnerai d'autres. »

« Saint Antoine, vous m'avez exaucé : j'ai tenu ma promesse, j'ai fait dire une messe d'action de grâces. Aujourd'hui, je viens vous supplier d'être encore mon avocat auprès de l'Enfant-Dieu et de sa Mère Immaculée; dès que j'aurai obtenu ce que je désire encore, je vous promets d'envoyer deux treizaines de brochures, et de faire dire une messe pour les âmes du Purgatoire. »

« Bon saint Antoine, je vous ai demandé quatre grâces temporelles dans le courant de janvier, vous m'avez pleinement exaucée. Merci mille fois, grand Saint. »

Quelques - uns devancent même l'échéance et disent, par exemple :

« Bon saint Antoine, je vous envoie 10 francs pour le Pain de vos pauvres, et si vous m'accordez telle grâce, je vous en donnerai encore autant, ou deux ou trois fois plus. »

« Grand Saint, j'ai obtenu la moitié de ce que je vous ai demandé : voici la moitié de ce que je vous ai promis. »

« Bon saint Antoine, merci, vous avez sauvé mon fils malade : ci-joint un billet de 100 francs. »

Puis ce sont des lettres de remerciement de capitaines de navires, d'officiers de l'armée française, de médecins, d'avocats, de commerçants, etc., etc.

Mais enfin, comment saint Antoine règle-t-il tous ces comptes-là ?

A Bordeaux, à l'ancien théâtre de l'Alhambra, devenu le couvent de Notre-Dame de Pitié, résidence des Pères de l'Assomption, tous les jours des quantités d'actions de grâces, de lettres arrivent comme une bénédiction chez saint Antoine.

Un rédacteur de la *Croix*, de Paris, ayant été témoin de ces merveilles, leur consacra un article exposant tout simplement les faits : aussitôt les lettres affluèrent à la rédaction pour saint Antoine, tant qu'enfin il fallut établir un autel dans la chapelle du journal.

Le mardi matin, on y célèbre la messe et on y dépouille ensuite le courrier.

A la *Croix*, on a dû organiser un service spécial pour le courrier de saint Antoine: en sorte que chaque jour il arrive quantité de lettres à saint Antoine, et même *à M. Saint-Antoine,* 8, rue François Ier, Paris.

Ah ! mon Dieu ! comment répéter tout ce qu'on dit à ce bon Saint ?

« Bon saint Antoine, j'ai demandé, j'ai promis, j'ai obtenu, je paye. »

A Bordeaux, des centaines de mille kilos de pain blanc ont été distribuées, en quelques mois, par saint Antoine.

A Paris, voyez ces 2,000 pauvres malheureux réunis dans la basilique du Sacré-Cœur, à Montmartre; 800 ont passé la nuit en adoration, presque tous font la sainte communion que leur distribue l'illustre Cardinal, pasteur de l'Église de Paris : c'est saint Antoine qui les a réunis et qui tout à l'heure leur offrira son pain.

Et dire que tout cela vient de l'idée lumineuse qu'une humble fille du peuple, de Toulon, Mlle Bouffier, a eue naguère, d'installer dans sa boutique une statue à saint Antoine et un tronc!...

Que vous semble-t-il, sinon que saint Antoine doit combiner ses prodiges avec saint Joseph et la Sainte Vierge ?

C'est absolument certain : d'ailleurs, demandez-le au bon Saint, ou à saint Joseph, ou à la Sainte Vierge, ou à l'Enfant-Jésus.

Que dire, maintenant, de toutes les faveurs obtenues et qui ne figurent point dans les billets qu'on trouve au pied de la statue de notre bien-aimé Saint? Elles sont innombrables! Le Cœur de Jésus connaît seul toutes les grâces qu'il a prodiguées aux âmes, en faveur des dévots à saint Antoine. La reconnaissance en révèle tous les jours quelques-unes.

Une jeune fille se trouvait dans une position désespérante ; ses journées se passaient dans la tristesse. Un jour, plus peinée que de coutume, elle va se prosterner aux pieds de saint Antoine, et le supplie de lui obtenir un changement de situation.

Elle commence une neuvaine et promet une petite offrande pour le Pain des pauvres ; avant la fin de la neuvaine, un parti avantageux se présente et lui permet de quitter le poste où elle avait tant à souffrir.

Un père de famille avait une position peu lucrative et qui n'entrait point dans ses aptitudes. « Je vais, se dit-il, étudier et me présenter pour les examens afin d'entrer dans la magistrature. » Avant de les subir, il se met sous la protection de saint Antoine de Padoue. Il est reçu !... La joie déborde de son âme. Avant de rentrer chez lui, il va acheter une petite statue de saint Antoine de Padoue qu'il envoie dans une communauté religieuse, pour que la dette de sa reconnaissance fût acquittée par les hommages qui allaient désormais être rendus à son bien-aimé Saint.

Une mère avait son fils dangereusement malade ; dans l'impossibilité où elle était de lui donner ses soins, elle s'adresse à saint Antoine pour qu'il voulût bien le prendre sous sa protection et obtenir sa guérison. Huit jours après, elle apprenait son entier rétablissement.

« Au milieu des difficultés d'un commerce nouvellement entrepris, disait un négociant, je promis à saint Antoine une part dans mes recettes quotidiennes. J'ai senti sa protection et je suis fidèle à mes promesses. »

Une jeune fille, atteinte d'une pénible et douloureuse infirmité, était dans un état de tristesse qui s'accentuait tous les jours. L'idée lui vint de s'adresser à saint Antoine. « Bon Saint, lui dit-elle, voyez ma triste position, si c'est vrai que vous faites des miracles, prouvez-le-moi, et obtenez que je sois délivrée de mon mal. » Sa prière fut exaucée. Sans le secours d'un médecin, qui lui avait déjà fait subir une cruelle opération, elle fut radicalement guérie.

Une malheureuse femme avait un mari adonné à la boisson et qui faisait son martyre depuis de longues années ; elle s'adresse à saint Antoine ; après une fervente prière, elle promet un peu de pain pour les pauvres. Sa confiance ne fut point vaine : une amélioration se produisit bientôt dans la conduite de son mari ; il lui fit même des excuses de l'avoir tant maltraitée. Puisse saint Antoine lui obtenir la persévérance.

Voici d'autres traits qui, quoique moins importants, font ressortir encore les bontés et les condescendances de notre Saint. Ici, il s'agit des objets retrouvés, après une prière faite à saint Antoine.

« A peine arrivée à Biarritz — ici, c'est une mère qui parle. — mon fils perdit une montre que son grand-père lui avait donnée à sa première communion. Un médaillon portant l'image du Sacré-Cœur de Jésus était fixé à la chaîne. La perte d'un souvenir si cher fut très sensible à mon enfant. Les premières recherches tentées pour le retrouver étant restées infructueuses, nous eûmes la pensée de nous adresser à saint Antoine de Padoue, son glorieux patron, et de promettre une modeste offrande pour l'œuvre du Pain des pauvres, établie dans une église de Biarritz. Vingt-quatre heures ne s'étaient pas écoulées que la montre et le médaillon nous étaient rendus.

» Presque à la même époque, saint Antoine fit encore retrouver à mon fils un crayon en argent, qui, ayant été égaré dans un champ de sable, pouvait être considéré absolument perdu. Gloire, reconnaissance et amour à ce grand Saint ! »

Une religieuse avait reçu une certaine somme pour honoraires de messe, elle la perdit. Après bien des recherches infructueuses, elle va dire son embarras à sa Supérieure, qui lui dit : « Priez saint Antoine, vous la retrouverez ; en attendant, dites à la Sœur économe de vous avancer cette somme pour que les messes demandées ne soient point retardées. » La religieuse obéit. Elle prie, elle prie encore, cherche toujours mais sans résultat : elle va de nouveau trouver sa Supérieure, qui lui dit de ne pas se tracasser et de faire une neuvaine, puis une seconde. La Sœur sent renaître sa confiance, fait la neuvaine, plusieurs mêmes, et au bout d'un certain temps, elle retrouve cette somme, mais d'une manière si extraordinaire qu'on serait tenté de dire qu'elle tient du prodige.

« La famille de T... et moi, nous nous promenions, pendant les grandes marées de septembre, sur la plage de Cabourg. Nous étions cinq : Mme de T..., son fils et sa fille, le comte de G... et celui qui écrit ces lignes. Sans y prendre garde, nous laissâmes peu à peu Mme de T... plusieurs centaines de pas en arrière. Le bruit des flots et du vent nous empêchait de l'entendre nous crier de l'attendre.

Enfin, en nous retournant, nous l'aperçûmes au loin, qui faisait des efforts pour lutter contre le vent et pour nous atteindre. Nous allons au-devant d'elle, et aussitôt que nous nous rejoignons, nous la trouvons toute mécontente. Elle s'adresse à sa fille et lui dit :

» — Comment pouvez-vous aller si vite ? Du reste, tu ne dois pas quitter ta mère. Vous êtes cause que j'ai perdu mon voile en courant après vous.

» — Eh bien, lui dit son fils, tu en achèteras un autre, et voilà tout.

» — Oui, c'est facile à dire : c'est une dentelle précieuse que je ne remplacerai jamais.

» — Maman, reprit Mlle de T..., ne soit pas fâchée : tu vas retrouver ton voile : « Bon saint Antoine de Padoue, rendez le voile à maman ! »

» — Tu peux courir après, lui dit sa mère : le vent, te dis-je, l'a emporté dans la mer, à plus de deux cents pas d'ici.

» — Cela ne fait rien, dit simplement la jeune fille : « Bon saint Antoine, rendez le voile à maman ! »

» Je la regardais tout surpris : je connaissais sa profonde piété et je m'étonnais qu'elle voulût se servir d'une pieuse croyance pour faire une mauvaise plaisanterie. Mais pas du tout ; je l'entends qui répète une troisième fois, avec le même naturel : « Bon saint Antoine, rendez le voile à maman. »

» Au même instant, une des vagues du flux vient jusqu'à nos pieds et y dépose le voile envolé.... Sans aucune surprise, la pieuse jeune fille se baisse, prend le voile, le présente à sa mère et ne lui dit que ces mots :

» — Tu vois bien.

» Je vous avouerai que l'ébahissement des quatre témoins de cette scène fut tel, que jamais nous n'oublierons un incident aussi singulier et aussi gracieux. Je dois bien faire remarquer que la foi de Mlle de T... est celle des petits enfants, une foi sans la moindre hésitation, cette foi dont parle l'Évangile et qui peut transporter des montagnes. »

(Quelques-uns de ces faits sont extraits de la *Croix*, ou des *Bulletins mensuels de la dévotion à saint Antoine*.)

Pourquoi le mardi est-il consacré à saint Antoine de Padoue ?

Parce que les funérailles du Saint, qui furent vraiment un triomphe, eurent lieu un mardi. Saint Antoine mourut le 13 juin, un vendredi, 1231, et il fut inhumé le mardi suivant, dans l'église Sainte-Marie, à Padoue.

On dirait que l'illustre Thaumaturge aime à être prié et honoré plus particulièrement ce jour-là. Bien des grâces ont prouvé l'efficacité des neuvaines faites pendant neuf mardis consécutifs. Quelques fidèles ont eu l'idée de lui consacrer aussi treize mardis, et ont obtenu des faveurs qu'ils avaient vainement sollicitées par d'autres exercices. La piété ne se lasse pas, elle est ingénieuse à multiplier ses pratiques. On peut donc, dans un besoin pressant, faire les mêmes prières neuf jours de suite, treize jours de suite également.

Voilà pourquoi nous avons mis des exercices pour des neuvaines et des treizaines.

Tous ceux qui voudront obtenir une grâce par l'intercession de saint Antoine, feront bien de commencer ces exercices, au moins de les clôturer par une bonne confession et une fervente communion.

La prière qui part d'un cœur pur, si elle est *humble*, *confiante*, *persévérante* est toujours exaucée. Elle nous obtient ce que nous demandons, ou mieux encore ce qui entre dans les desseins de Dieu pour notre salut éternel.

LITANIES DE SAINT ANTOINE DE PADOUE

Seigneur, ayez pitié de nous.

Jésus-Christ, ayez pitié de nous.

Seigneur, ayez pitié de nous.

Jésus-Christ, écoutez-nous.

Jésus-Christ, exaucez-nous.

Dieu le Père, du haut des cieux, *ayez pitié de nous.*

Dieu le Fils, Rédempteur du monde,

Dieu le Saint-Esprit,

Trinité Sainte qui êtes un seul Dieu,

Sainte Marie, conçue sans la tache originelle,

priez pour nous.

Saint Antoine de Padoue,

Saint Antoine, gloire de l'Ordre Séraphique,

Saint Antoine, arche du Testament,

Saint Antoine, sanctuaire de la céleste sagesse,

Saint Antoine, foulant aux pieds les vanités du monde,

Saint Antoine, vainqueur de la concupiscence,

Saint Antoine, ami de la pénitence,

priez pour nous.

Saint Antoine, miroir d'obéissance,
Saint Antoine, perle de pauvreté,
Saint Antoine, lis de céleste pureté,
Saint Antoine, type d'humilité,
Saint Antoine, amateur passionné de la croix,
Saint Antoine, martyr de désir,
Saint Antoine, fournaise de charité,
Saint Antoine, zélateur de la justice,
Saint Antoine, apôtre zélé de l'Évangile,
Saint Antoine, lumière éclairant les pécheurs,
Saint Antoine, effroi des infidèles,
Saint Antoine, modèle des parfaits.
Saint Antoine, consolateur des affligés,
Saint Antoine, vengeur du crime,
Saint Antoine, défenseur de l'innocence,
Saint Antoine, libérateur des captifs,
Saint Antoine, guide du voyageur,
Saint Antoine, guérisseur des malades,
Saint Antoine, semeur de miracles,
Saint Antoine, qui rendez la parole aux muets,
Saint Antoine, qui donnez l'ouïe aux sourds,
Saint Antoine, qui rendez la vue aux aveugles,
Saint Antoine, qui redressez les boiteux,
Saint Antoine, qui chassez les démons,
Saint Antoine, qui ressuscitez les morts,
Saint Antoine, qui faites retrouver les choses
  perdues,
Saint Antoine, qui domptez la fureur des tyrans,
Des embûches du démon, saint Antoine, délivrez-
  nous.

De la foudre et de l'orage, saint Antoine, délivrez-
nous.
Par votre intercession, saint Antoine, protégez-
nous.
Dans tout le cours de notre vie, saint Antoine,
protégez-nous.
Agneau de Dieu, qui effacez les péchés du monde,
pardonnez-nous, Seigneur.
Agneau de Dieu, qui effacez les péchés du monde,
exaucez-nous, Seigneur.
Agneau de Dieu, qui effacez les péchés du monde,
ayez pitié de nous, Seigneur.
Saint Antoine, priez pour nous, afin que nous
devenions dignes des promesses de Jésus-Christ.

Oraison. — Mon Dieu, que la puissante intercession du bienheureux Antoine, votre confesseur,
réjouisse votre Église en lui obtenant toujours de
nouvelles faveurs spirituelles, et la jouissance des
joies éternelles, par Jésus-Christ Notre Seigneur.
Ainsi soit-il. (*40 jours d'indulgence.*)

RÉPONS MIRACULEUX *SI QUÆRIS*

OU PRIÈRE TRÈS EFFICACE

composée par le Docteur Séraphique saint Bonaventure

en l'honneur de

SAINT ANTOINE DE PADOUE

Si vous voulez des miracles, écoutez; la mort, l'erreur, les calamités, le démon, la lèpre sont mis en fuite. Les malades se lèvent guéris.

La mer s'apaise, les chaînes tombent des mains des captifs; le jeune homme et le vieillard demandent l'usage de leurs membres et le recouvrement des choses perdues et l'obtiennent.

Les dangers disparaissent, la misère n'existe plus : qu'ils le racontent ceux qui ont éprouvé ses bienfaits, que les habitants de Padoue le redisent.

Si quæris miracula ;
Mors, error, calamitas,
Dæmon, lepra fugiunt,
Ægri surgunt, sani.

*Cedunt mare, vincula ;
Membra resque perditas,
Petunt et accipiunt,
Juvenes et cani.*

Percunt pericula,
Cessat et necessitas,
Narrent hi qui sentiunt,
Dicant Paduani.

On répète : *La mer s'apaise,* etc. — *Cedunt mare,* etc.

Gloire soit au Père, au Fils, et au Saint-Esprit.

Gloria Patri, et Filio, et Spiritui Sancto.

On répète : *La mer s'apaise,* etc. — *Cedunt mare,* etc.

℣. Ora pro nobis, beate Antoni.

℟. Ut digni efficiamur promissionibus Christi.

Oremus. Ecclesiam tuam, Deus, Beati Antonii Confessoris tui commemoratio votiva lætificet, ut spiritualibus semper muniatur auxiliis et gaudiis perfrui mereatur æternis. Per Christum Dominum nostrum. Amen.

℣. Saint Antoine, priez pour nous.

℟. Afin que nous devenions dignes des promesses de Jésus-Christ.

Oraison. O mon Dieu, que la puissante intercession du bienheureux Antoine, votre confesseur, réjouisse votre Église, en lui obtenant toujours de nouvelles faveurs spirituelles, et la jouissance des joies éternelles. Par Jésus-Christ Notre Seigneur

(100 jours d'indulgence chaque fois : indulgence plénière une fois le mois, aux conditions ordinaires. — PIE IX, 25 janvier 1866.)

Bref ou Lettre de saint Antoine de Padoue, franciscain.

ECCE CRU † CEM DOMINI FUGITE, PARTES ADVERSÆ, VICIT LEO DE TRIBU JUDA, RADIX DAVID : ALLELUIA ! ALLELUIA !

VOICI LA CROIX † DU SEIGNEUR FUYEZ, ENNEMIS DE NOTRE SALUT, LE LION DE LA TRIBU DE JUDA, LE REJETON DE DAVID A VAINCU : ALLELUIA ! ALLELUIA !

(100 jours d'indulgence, une fois le jour, applicable aux âmes du Purgatoire. — LÉON XIII, 21 mai 1892.)

On ajoute au Bref les versets suivants, avec l'oraison :

℣. Saint Antoine, qui chassez les démons, priez pour nous.

℟. Afin que nous devenions dignes des promesses de JÉSUS-CHRIST.

℣. Sancte Antoni dæmonum effugator, ora pro nobis.

℟. Ut digni efficiamur promissionibus CHRISTI.

Oraison. Comme après le *Si quæris,* page 26.

Des embûches du démon, saint Antoine délivrez-nous.

Ab insidiis diaboli, libera nos, sancte Antoni.

L'hymne chérie de saint Antoine de Padoue.

O glorieuse Vierge, élevée au-dessus des cieux, vous avez nourri de votre substance Celui qui vous a donné l'être.

Ce qu'Ève coupable nous avait fait perdre, vous nous le rendez par votre divin Fils. Pour que les malheureux humains puissent entrer dans la gloire, vous avez été établie *Porte du Ciel.*

Par vous, le Souverain Roi est arrivé jusqu'à nous. Vous êtes le brillant palais de la lumière éternelle. Vous êtes la *Voie immaculée* qui mène à la vie.

Nations rachetées de la mort, bénissez Dieu. Gloire à vous,

O gloriosa Virginum
Sublimis inter sidera,
Qui te creavit parvulum,
Lactente nutris ubere.

Quod Eva tristis abstulit
Tu reddit almo germine :
Intrent ut astra flebiles,
Cœli recludis cardines.

Tu Regis alti janua,
Et aula lucis fulgida :
Vitam datam per virginem,
Gentes redemptæ, plaudite.

Jesu, tibi sit gloria,
Qui natus es de virgine,

Cum, Patre, et almo Spiritu,

In sempiterna sæcula.

Amen.

Seigneur, qui êtes né de la Vierge sans tache, gloire au Père et au Saint-Esprit dans les siècles éternels.

Ainsi soit-il.

℣. O Marie, Vierge immaculée,

℟. Mère de Dieu, intercédez pour nous.

PRIONS

O Dieu, qui, par la virginité féconde de la bienheureuse Vierge Marie, avez donné aux hommes le gage du salut éternel; accordez-nous, nous vous en conjurons, le secours de la puissante intercession de celle qui nous a donné l'auteur de la vie, Notre Seigneur Jésus-Christ, votre Fils. Ainsi soit-il.

Saint Antoine répétait souvent cette hymne dans ses peines et dans ses joies.

PRIÈRE A SAINT ANTOINE

pour retrouver les objets perdus.

O grand et fidèle ami du Sauveur, vous qui, par l'extrême pureté de votre cœur, avez mérité de le voir dès cette vie et de converser familièrement avec Lui; vous à qui, selon la pieuse croyance des fidèles, Jésus a accordé le don de faire retrouver les objets égarés, obtenez-nous, par vos prières et vos mérites, de retrouver dans son divin Cœur toutes les grâces que nous avons perdues par le péché, toute l'humilité, toute l'innocence, toute la bénédiction et la miséricorde, toute la sainte amitié et union avec Lui, que nous aurions pu avoir en partage pour l'aimer et le faire aimer, si nous avions eu le bonheur de lui être toujours fidèles. Ainsi soit-il.

Ajoutez à ces faveurs, ô mon bien-aimé saint Antoine, la grâce de retrouver l'objet que je cherche en vain. Je compte sur votre bonté, et je vous promets, en reconnaissance, de publier qu'on ne vous invoque pas en vain, afin que Dieu soit glorifié et que votre culte s'accroisse chaque jour.

Prière des Étudiants à saint Antoine de Padoue.

Illustre saint Antoine, patron des enfants chrétiens, spécialement de ceux qui se livrent à l'étude des sciences, faites qu'à votre exemple, nous travaillions surtout à acquérir la science sublime de la religion, la seule nécessaire, la seule qui nous fasse connaître notre céleste origine, et la route qu'il faut suivre pour échapper aux *flammes éternelles,* et arriver au bonheur pour lequel nous sommes créés, et que nous procure l'accomplissement des divins préceptes.

O grand Saint, faites trouver à la jeunesse des maîtres selon le Cœur de Dieu, afin qu'ils cultivent pour le ciel les âmes confiées à leur sollicitude. Que, par une éducation toute chrétienne, ils assurent leur salut et leur bonheur éternel. Ainsi soit-il (1).

(1) Heureux enfants, qui fréquentez les écoles chrétiennes, soyez pleins de respect et de reconnaissance pour vos parents, qui préparent votre bonheur du temps et celui de votre éternité, en vous procurant, au prix de bien des sacrifices, une bonne éducation. Au ciel, vous serez leur couronne et leur gloire !...

Les enfants élevés à l'école sans Dieu, seront souvent pour

Saint Antoine, patron des enfants chrétiens, priez sans cesse pour nous.

Prière quotidienne à saint Antoine de Padoue.

O grand et bien-aimé saint Antoine de Padoue, du haut du ciel, où vous régnez, vous voyez nos combats, nos larmes, nos souffrances. Ah ! n'abandonnez pas ceux qui vous aiment, et secourez toujours ceux qui vous implorent. Vous, à qui Dieu a donné l'admirable privilège de faire retrouver ce qui est perdu, faites retrouver Jésus à toutes les âmes qui ont eu le malheur de le perdre ; faites aussi retrouver à notre France bien-aimée son antique foi et son antique gloire.

O bien-aimé Saint, dont l'intercession est si puissante, obtenez-nous le bonheur d'aimer Jésus et Marie, et d'être éternellement heureux en paradis. Ainsi soit-il.

Prière pour tous les mardis de l'année.

Dieu de bonté et de miséricorde, qui nous avez tous créés pour le salut éternel, et qui avez inspiré à saint Antoine de Padoue le plus vif désir de s'élever à une haute sainteté ; nous vous prions et nous vous supplions d'imprimer aussi dans nos cœurs un sincère désir de nous sauver.

leurs parents un sujet de désolation par leur conduite, et, un trop grand nombre, hélas ! les maudiront encore dans les supplices éternels, leur reprochant amèrement de ne leur avoir pas fait donner une éducation chrétienne, qui est le plus grand de tous les biens.

Donnez-nous d'avoir à cœur, plus que toutes choses, l'œuvre de notre sanctification, et d'y travailler avec ardeur et persévérance.

Si nous n'avons pas eu le bonheur de conserver, comme ce bienheureux Saint, l'innocence baptismale, accordez-nous la grâce de la recouvrer par un vrai repentir de tous nos péchés.

O illustre saint Antoine, priez sans cesse pour nous; obtenez-nous une vraie contrition, une sainte horreur du péché, un grand amour de la vertu qui a fait de vous un ange sur la terre, et une fidèle persévérance dans le bien jusqu'à la fin de notre vie. Obtenez-nous le bonheur de mourir, à votre exemple, en invoquant les saints Noms de Jésus et de Marie. Ainsi soit-il.

NEUVAINE A SAINT ANTOINE DE PADOUE

PREMIER JOUR

CONSIDÉRATION. — **Saint Antoine se donne à Dieu.**

Considérons comment le Saint, appelé par Dieu à la vie religieuse, s'empresse de fouler aux pieds les honneurs que sa naissance illustre devait lui attirer, et les richesses qui devaient lui échoir. Il obéit avec promptitude à la volonté divine et offre à Dieu son âme, si bien cultivée par sa pieuse mère, en sacrifice perpétuel d'amour et de réparation.

A son exemple, donnons-nous complètement à

Dieu ; restons dans le monde si c'est la volonté divine, mais vivons-y dans la pratique des devoirs de notre état, fuyons le péché et les occasions qui nous y porteraient ; faisons toutes nos actions pour Dieu, et nous irons au Ciel.

PRIÈRE

Seigneur, source de toute richesse, accordez-nous, par les mérites de saint Antoine, la grâce de mépriser les biens de la terre, pour vous suivre dans la voie des humiliations. Détachez notre cœur de tout ce qui pourrait nous empêcher d'obéir à vos saintes inspirations, afin que nous puissions nous attacher à vous, source unique de la vraie et éternelle félicité.

Si quæris, p. 26 et *O gloriosa*, p. 28.

Nota. — Les exercices seront les mêmes pour chaque jour de la neuvaine, sauf la considération et la prière particulière qui lui est adoptée.

DEUXIÈME JOUR

CONSIDÉRATION. — **Son désir du martyre.**

Considérons comment le Saint, à la vue des glorieuses dépouilles de cinq religieux Franciscains, martyrisés au Maroc, poussé par le désir ardent de verser son sang pour le Christ, sollicite la faveur de partir pour les Missions. Empêché par la faiblesse de sa complexion de réaliser son désir, il y supplée en devenant, par ses mortifications continuelles, le martyr de la pénitence.

Imitons son exemple, et souvenons-nous que pour faire un martyr, le fer n'est pas nécessaire, la patience suffit. L'acceptation en vue de Dieu des peines de cette vie, peut nous faire arriver à un haut degré de sainteté.

PRIÈRE

O Jésus, mon Sauveur, à quelle distance nous sommes de votre serviteur fidèle! Lui, dans son amour pour vous, brûle de verser son sang pour votre gloire, et nous, nous ne savons pas même sacrifier nos désirs, quelquefois coupables, et mortifier nos passions. Ah! Seigneur, accordez-nous, par l'intercession de saint Antoine, la grâce de bien connaître notre état déplorable, d'abandonner la voie du péché et de devenir de véritables pénitents sur la terre, afin d'être au nombre des élus pendant l'éternité.

TROISIÈME JOUR

CONSIDÉRATION. — **Son humilité profonde.**

Saint Antoine, bien que doué d'une grande érudition et fort avancé dans les sciences les plus sublimes, s'efforça toujours de cacher ses talents sous le voile de l'humilité.

Comme lui ne cherchons que le regard de Dieu. L'orgueil est un vice qui avilit notre âme; l'humilité est la vertu qui la rend belle et agréable au Seigneur. Dieu abaisse le superbe, et comble de gloire, au ciel et sur la terre, celui qui a le courage de s'humilier pour son amour.

O aimable Jésus, quand pourrons-nous devenir l'objet de vos complaisances, par notre humilité?

Hélas! dominés par l'esprit d'ambition et de vaine gloire, nous recherchons l'estime des créatures.

Par amour pour saint Antoine, déracinez de notre cœur, ô mon Dieu, tout germe d'orgueil, afin que reconnaissant notre néant, nous méritions de devenir les heureux sujets de votre miséricorde.

QUATRIÈME JOUR

CONSIDÉRATION. — Sa patience.

Considérons notre Saint, maltraité par les hérétiques et les pécheurs, accablé d'injures et gardant au milieu des outrages une patience invincible.

Prenons, pour l'imiter, la résolution de supporter avec douceur les ennuis et les peines qui nous viennent du prochain, et, par amour pour Jésus, ne cessons pas de prier pour lui.

O doux Jésus, qui, par vos paroles et votre exemple, nous enseignez la vertu de patience et le pardon des injures, accordez-nous la grâce d'accepter, en expiation de nos fautes, toutes les humiliations et les peines qui nous viennent des créatures, afin qu'ayant ainsi satisfait à votre justice en pardonnant à nos frères, nous méritions de votre miséricorde le pardon de nos péchés.

CINQUIÈME JOUR

CONSIDÉRATION. — Son détachement.

Considérons saint Antoine pénétré d'amour pour son Créateur, et n'ayant pas une seule pensée qui puisse le détourner de Lui. Son cœur était tellement détaché des choses de la terre, qu'il ne pouvait trouver aucun plaisir à rien de ce qui ne venait pas de Dieu, ou qui ne remontait pas à Lui.

Que nos désirs, à son imitation, soient d'aimer Dieu par-dessus toutes choses, et que toutes nos pensées soient constamment tournées vers le Ciel.

PRIÈRE

O doux Sauveur, vous seul méritez toutes les affections de notre cœur ; cependant, hélas ! nous nous en servons pour aimer les créatures d'un amour déréglé. Vous nous avez créés pour vous ; faites donc, Seigneur, qu'à l'exemple de notre Saint, nous brûlions d'amour pour vous, que notre seul bonheur ici-bas, soit de procurer votre gloire, et de vous gagner s'il se peut tous les cœurs.

SIXIÈME JOUR

CONSIDÉRATION. — Son esprit de pauvreté.

Voyons saint Antoine chérissant la pauvreté évangélique, abandonnant son riche patrimoine, méprisant les biens périssables pour posséder un jour les biens éternels !

A la vue de ce désintéressement, prenons la

ferme résolution de nous détacher des richesses, source de tant de maux.... Si nous sommes pauvres, ne désirons pas trop de devenir riches; et à l'exemple de Jésus et de Marie, supportons patiemment les privations inhérentes à notre position, et nous acquerrons des trésors dans le ciel.

PRIÈRE

Aimable Jésus, source de tout bien véritable, qui vous êtes fait homme et avez daigné embrasser la pauvreté pour nous apprendre à mépriser les choses de ce monde, accordez-nous, par l'intercession de saint Antoine, la grâce d'être vos imitateurs comme il l'a été lui-même, afin de mériter la possession des biens du ciel pendant toute l'éternité.

SEPTIÈME JOUR

CONSIDÉRATION. — **Sa pureté angélique.**

Saint Antoine désirait si ardemment conserver son innocence qu'il priait et se mortifiait sans cesse. Par ces prédications, il contraignait les pécheurs à abandonner les sentiers du vice et à suivre ceux de la vertu.

Ayons pour le péché mortel une haine implacable, mais craignons aussi le péché véniel qui est si rigoureusement puni en Purgatoire. Faisons en sorte que Dieu ne soit pas offensé autour de nous.

PRIÈRE

O bien-aimé Jésus, qui avez si douloureusement expié nos péchés en mourant sur la croix, éclairez notre esprit de votre lumière céleste, pour que nous prenions la ferme résolution de l'éviter et de le faire éviter.

Que le sang précieux que vous avez répandu ne demeure pas inutile, mais nous délivre de l'esclavage de Satan, et devienne la source de notre salut éternel.

HUITIÈME JOUR

CONSIDÉRATION. — Sa vigilance.

Considérons la vigilance de notre Saint à l'égard de ses sens, auxquels il ne permettait rien qui fût de nature à blesser la vertu qui élève l'homme, et le rend, pour ainsi dire, l'égal des anges ! Gardons avec une sainte délicatesse le précieux trésor de la chasteté, et fuyons les occasions qui pourraient lui donner la moindre atteinte.

PRIÈRE

O miséricordieux Jésus, nous confessons à vos pieds que la grande liberté que nous avons donnée à nos sens nous a rendus coupables de bien des fautes. Ayez pitié de nous, Seigneur, nous vous en supplions. Accordez-nous, par l'innocence de saint Antoine, la grâce de mieux surveiller nos sens à l'avenir, et de ne point céder aux tentations du démon. Nous vous promettons de fuir les occasions du péché et de persévérer dans la prière pour en être préservés.

NEUVIÈME JOUR

CONSIDÉRATION. — Sa mort.

Considérons notre bien-aimé Saint parvenu au terme de sa carrière, chargé de mérites et orné des plus sublimes vertus. Entre les mains de la Vierge Immaculée, il remet son âme à son doux Sauveur, et va recevoir de Lui la récompense que méritent ses vertus.

Rappelons-nous que, si nous voulons obtenir la grâce d'une sainte mort, nous devons vivre en bons chrétiens, et persévérer jusqu'à la fin de notre vie dans la pratique de toutes les vertus.

PRIÈRE

O Jésus, qui avez rendu si glorieux le trépas de saint Antoine, afin qu'il fût glorifié même sur cette terre, donnez-nous la grâce de pratiquer constamment la vertu, afin d'être l'objet de vos miséricordes à l'heure de la mort, et d'aller vous posséder éternellement dans la patrie bienheureuse. Ainsi soit-il.

Promesses qu'on pourrait faire à saint Antoine à l'effet de l'incliner à nous être favorable, et à présenter lui-même nos vœux et nos prières à Jésus et à Marie (1).

1° De donner aux pauvres une certaine quantité de pain ;

2° De faire dire une messe en son honneur et pour les causes qui lui sont chères ;

3° De propager son culte par la diffusion des feuilles ou brochures qui servent à le faire connaître ;

4° Donner du pain spirituel aux âmes, c'est-à-dire un

(1) Par un billet, on indique à quelle œuvre on veut employer l'argent mis dans le tronc.

petit livre de piété à un enfant, un Catéchisme, etc. — Un bon livre, lu, médité, peut devenir la cause du salut d'une âme ;

5° Saint Antoine était missionnaire, sauver les âmes était sa passion ; nous lui serons agréables en fournissant, si nous le pouvons, la modeste somme de 2 fr. 50 pour la Propagation de la foi. C'est une œuvre excellente entre toutes, puisqu'elle a pour but d'ouvrir le ciel à une infinité d'âmes.

Saint Antoine aimait beaucoup les pauvres : aimons-les aussi, ce sont nos frères en Jésus-Christ ; donnons-leur du pain et de grand cœur. Mais saint Antoine aimait surtout les âmes : sa vie *d'apôtre* en est un merveilleux témoignage ! Donnons aussi, en son honneur, le pain spirituel, le pain qui assure à l'âme la vie éternelle et bienheureuse. Favorisons de tout notre pouvoir les œuvres qui procurent le salut (1).

Du reste, c'est le bon moyen d'assurer le pain des pauvres. Si tous les hommes étaient de vrais chrétiens, il n'y aurait plus de pauvres parmi nous. La charité viendrait au secours de toutes les infortunes.

(1) M. le Curé de Saint-Sernin, à Toulouse, a eu la sainte pensée d'intéresser notre grand Saint à la grande œuvre des Écoles catholiques ; il a été béni au delà de toute espérance, et les merveilles que le Saint multiplie ailleurs pour le pain du corps, il les multiplie à Saint-Sernin pour le pain des âmes. (Extrait des *Gloires de saint Antoine de Padoue*, par le Père M. Antoine.

L'ITINÉRAIRE DU PARADIS

OU

LE CHEMIN DU CIEL

sous la conduite de saint Antoine.

QUAND on entreprend un voyage lointain, on s'oriente à l'avance, on trace son itinéraire, et on sait ensuite quel chemin il faut prendre, quelle route il faut tenir pour arriver au but.

Exilés sur cette terre, nous avons à faire un voyage, à nul autre semblable; c'est le grand voyage du *temps à l'éternité !*... Si nous prenons la route qui mène au ciel, à l'issue de ce voyage, nous entrons dans notre *éternité bienheureuse :* nous allons habiter non pas un château, ni un palais, mais le ciel !... Nous allons prendre possession d'un trône, d'une couronne ! Oh ! la délicieuse perspective ! Si, au contraire, nous faisons fausse route, arrivés au terme, c'est l'*éternité malheureuse,* c'est l'enfer qui s'ouvre pour nous recevoir !...

Hélas ! qu'elle est fréquentée cette voie, et pourquoi ? Parce que la voie du ciel est dure à la nature : il faut combattre ses passions, se renoncer soi-même, garder les commandements et porter sa croix à la suite de Notre-Seigneur. Cette voie qui nous effraie de prime abord est pourtant la plus douce et la plus heureuse. Le chrétien qui la suit est aidé et soutenu par la grâce; il a la paix, ce don qui surpasse tous les dons. De plus, il sait qu'une récompense certaine est attachée à tous ses sacrifices; il voit que la vie passe comme une ombre, et qu'à l'heure de la mort, il sera fier de ses humiliations, riche de ses sacrifices?...

Le pécheur, peu soucieux de la vie future, veut faire son paradis dans ce monde; pour cela, il lui suffit d'avoir des richesses et des plaisirs; et pour se les procurer, tous les moyens lui sont bons, si injustes qu'ils soient. Est-il heureux le pécheur? Hélas! mais il n'a jamais tous les plaisirs qu'il désire, il n'a jamais tous les honneurs qu'il poursuit, il n'a jamais toutes les richesses qu'il convoite, et, à la mort, il paraît devant Dieu avec le vêtement de ses iniquités pour entendre la sentence qui le condamne aux *flammes éternelles!*... Est-il heureux?

Plus avisé que le mondain, entrons dans la voie qui mène au vrai bonheur, serait-elle semée « de ronces et d'épines. » Avec notre glorieux patron saint Antoine, faisons notre chemin, le regard fixé vers le ciel, et, au terme de notre voyage, nous irons l'habiter éternellement.

Pendant cette treizaine consacrée à saint Antoine de Padoue, faites chaque jour un quart d'heure de méditation.

En lisant les considérations qui suivent, figurez-vous chaque fois que c'est saint Antoine qui vous parle, et suppliez-le de vous obtenir les lumières du Saint-Esprit et l'onction de sa grâce, afin d'entrer résolument dans la voie du salut.

C'est peut-être pour que vous fassiez avec ferveur ces saints exercices que saint Antoine ne vous a pas fait sentir sa protection; il veut, avant tout, le salut et la sanctification de votre âme, qui lui est d'autant plus chère que vous avez plus de dévotion pour lui.

PREMIER JOUR DE LA TREIZAINE (1)

Qu'est-ce que mourir?

RÉFLEXION. — C'est dire adieu à toutes les choses de ce monde, à ma fortune, à mes plaisirs, à mes amis, à ma famille; adieu lugubre, déchirant, sans retour. C'est quitter ma maison pour être jeté dans une fosse étroite et profonde, sans autre vêtement qu'un linceul, sans autre société que les reptiles et les vers. C'est passer à l'état le plus humiliant, le plus voisin du néant, où je deviendrai la proie de la corruption, où je tomberai en lambeaux, où je me décomposerai en une pourriture infecte. C'est pour mon âme entrer en un clin d'œil dans une région inconnue, qui se nomme éternité, où j'irai apprendre de la bouche de Dieu dans quel lieu je dois faire cette grande retraite qui durera toujours, si c'est dans le ciel... si c'est au fond des enfers....

(1) On peut faire ces exercices treize mardis consécutifs; on pourrait les faire aussi treize jours de suite et les terminer un mardi par une fervente communion. Il serait bon de les faire plusieurs fois dans l'année, surtout à l'approche des grandes fêtes; ce serait un excellent moyen de s'y préparer.

Dois-je mourir? — Très certainement. Et qui me l'assure? La raison, la foi, l'expérience. Oui, malgré toutes les précautions, malgré tous les soins, malgré tous les efforts des médecins, je mourrai. Où sont ceux qui m'ont précédé dans la vie? Dans le tombeau, dans l'éternité!...

Mourrai-je bientôt? — Oui. Pourquoi? Parce que depuis ma naissance je ne fais autre chose que mourir. Une action qui se poursuit sans interruption est bientôt accomplie. Or toutes les autres actions ont leur repos. Affaires, études, plaisirs, sommeil, tout cela a ses intervalles; la mort est la seule action qui ne soit jamais interrompue. Comment tarderais-je longtemps à achever de mourir, moi qui meurs depuis ma naissance, et à chaque instant du jour et de la nuit!...

O mon bien-aimé saint Antoine, obtenez-moi la grâce d'être pénétré, comme vous l'étiez vous-même, du désir efficace de me sanctifier, et de mériter une éternité bienheureuse.

Résolution. — Choisir souvent les fins de l'homme pour sujet de méditation.

DEUXIÈME JOUR

Quand mourrai-je?

Réflexion. — A quel âge? dans la vieillesse? dans l'âge mûr? De quel genre de mort? Sera-ce de mort subite? Sera-ce à la suite d'une maladie lente? Sera-ce d'une chute? dans un incendie? sous le fer d'un assassin? En quel lieu? Dans ma maison, ou dans une maison étrangère, à table, au jeu, au théâtre, à l'église, dans mon lit, sur un échafaud ?... Quel jour mourrai-je ? Sera-ce cette année, cette semaine, demain, aujourd'hui ?... Dans quel état mourrai-je ? Sera-ce dans l'état de grâce ou dans celui du péché ?...

COMBIEN DE FOIS MOURRAI-JE. — Une seule fois, donc toute faute est irréparable dans cette grande action. Le malheur d'une mauvaise mort est un malheur éternel. Et de quoi dépend cette mort mauvaise ? D'un seul instant. Il ne faut qu'un moment pour offenser mortellement le Seigneur, il ne faut donc qu'un moment pour décider de mon éternité. Si j'étais mort cette année, tel jour, telle heure de ma vie, quand j'étais l'ennemi de Dieu, où serais-je maintenant ?...

RÉSOLUTION. — Éviter le péché avec le plus grand soin, c'est le meilleur moyen de se procurer une sainte mort.

TROISIÈME JOUR

Quel est le prix du temps ?

RÉFLEXION. — Le ciel est la récompense assignée par Dieu au bon emploi du temps. Un seul moment bien employé valut au bon larron, malgré les crimes de sa vie antérieure, la possession du Paradis. Si, par la sainteté de notre vie, nous sommes dignes du Paradis, un nouvel instant bien employé peut nous valoir un nouveau degré de gloire et de bonheur pour l'éternité, c'est-à-dire comme un nouveau ciel dans le ciel même. Y avions-nous jamais pensé? Oh! réjouissons-nous de voir qu'à chaque instant nous pouvons nous enrichir de mérites nouveaux, et mettre fleur sur fleur à notre immortelle couronne !

RÉSOLUTION. — Offrir tous les matins ses actions au bon Dieu, avec l'intention de tout faire pour lui être agréable et de mériter une récompense.

QUATRIÈME JOUR

Que ferait un saint s'il avait une heure ?

RÉFLEXION. — Si le bon Dieu permettait à un saint de descendre sur la terre pour y passer une heure avec la faculté de mériter, il n'en perdrait pas une minute. Il produirait pendant cette heure cent actes d'amour avec une ferveur inouïe, et il remonterait au ciel pour avoir autant de degrés nouveaux de gloire, auxquels correspondraient des délices inexprimables !

Cette heure, aucun saint ne l'aura jamais : nous qui sommes dans l'exil, nous en avons tant à notre disposition. Ah ! si nous comprenions ce que vaut le temps, de quels trésors nous nous enrichirions pour l'éternité !... Oh, mon âme, que fais tu pour le ciel ?... *Examen.*

RÉSOLUTION. — Faire ses actions avec une grande pureté d'intention. C'est l'intention de plaire à Dieu qui les rend méritoires.

CINQUIÈME JOUR

Que ferait une âme du Purgatoire si elle avait une heure ?

RÉFLEXION. — Si le bon Dieu disait aux pauvres âmes qui expient leurs fautes dans les flammes du Purgatoire : « Je vous donne une heure. » Que feraient-elles ? Chacune s'empresserait de faire un acte de contrition et d'amour si parfait qu'il anéantirait toutes ses fautes ; ou bien, elle gagnerait une indulgence plénière, et au lieu de redescendre dans le lieu de l'expiation, elle s'élancerait, ivre de bonheur, dans le séjour des éternelles joies.

Cette heure, elles ne l'auront pas, et chaque âme devra expier ses fautes jusqu'à ce qu'elle ait atteint le degré d'innocence requis pour entrer dans ce séjour où rien de souillé ne peut pénétrer.

Ces heures, Dieu nous les donne encore, et au lieu de nous en servir pour expier nos fautes passées, nous les employons en futilités, oubliant qu'un jour nous pleurerons amèrement non seulement sur le temps perdu, mais sur ces fautes si nombreuses qui augmenteront d'autant pour nous les incompréhensibles douleurs du Purgatoire.

RÉSOLUTION. — Éviter jusqu'aux plus petits péchés, puisqu'ils sont si rigoureusement punis en Purgatoire. Beaucoup prier pour les âmes qui y sont détenues. On fera pour nous ce que nous aurons fait pour les autres.

SIXIÈME JOUR

Que feraient les damnés si Dieu leur donnait une heure?

RÉFLEXION. — Si les damnés avaient une heure à passer sur la terre, chacun chercherait un prêtre, se prosternerait à ses genoux, et lui ferait l'humble et complet aveu de ses péchés pour en obtenir l'absolution. Malheureusement, il n'y aurait pas assez de prêtres ! Que feraient-ils alors ? Ils se frapperaient la poitrine, s'humilieraient profondément devant Dieu, lui demanderaient pardon, et Dieu, qui est infiniment bon, leur ferait miséricorde.

Cette heure ne leur sera jamais accordée. Ils les ont eues nombreuses sur la terre, ils en ont abusé. Volontairement, par choix, ils ont voulu Satan pour leur maître. Par leurs iniquités, ils se sont bâti une demeure en enfer, ils l'habiteront éternellement.

Que d'âmes, ne pensant jamais au malheur des réprouvés, se préparent une demeure à côté d'eux. N'augmentons pas leur nombre, hélas ! et rentrons en nous-même.

Le moyen de ne pas descendre en enfer à l'heure de la mort, c'est d'y aller souvent pendant la vie. Méditons donc bien les tourments de l'enfer, et nous éviterons soigneusement le péché mortel qui peut nous y conduire.

RÉSOLUTION. — Faire tous les soirs un acte de

sincère contrition avant de se livrer au sommeil, et se confesser le plus tôt possible.

SEPTIÈME JOUR

La triple folie du pécheur.

RÉFLEXION. — Considérons la *triple folie* du pécheur. *Première folie:* regarder comme des insensés ceux qui veulent avant tout assurer le salut de leur âme. *Deuxième folie :* pour les misérables et éphémères jouissances de ce monde, renoncer aux magnifiques récompenses de l'éternité bienheureuse. *Troisième folie :* se condamner soi-même à d'éternels supplices et à d'éternels remords.

Les pécheurs traitent d'insensés les saints, c'est-à-dire ceux qui, durant la vie présente, méprisent honneurs, richesses, plaisirs, et qui, en revanche, embrassent la pauvreté. Mais les pécheurs finiront par reconnaître combien ils étaient insensés eux-mêmes en traitant de la sorte les serviteurs de Dieu.

Se peut-il, en effet, une plus grande démence que de vivre sans Dieu, que de vivre, par conséquent, en traînant sur la terre une vie malheureuse, pour être ensuite malheureux, éternellement malheureux dans l'enfer !

La méditation est le seul préservatif de cette triple folie, comme elle en est le remède assuré.

RÉSOLUTION. — Je serai fidèle à donner, tous les jours, quelques minutes à la méditation, afin de n'en être jamais atteint. —Saint Antoine, je vous confie cette résolution, la plus importante peut-être ; obtenez-moi d'y être fidèle tous les jours de ma vie.

HUITIÈME JOUR

Trois moyens de salut :
la prière, la confiance en Dieu et la défiance de nous-même.

RÉFLEXION. — *La prière :* Les Apôtres qui se trouvaient dans la barque avec Jésus, voyant les flots qui menaçaient de les engloutir, eurent recours à ce bon Maître. De même, en voyant les assauts que nous livre l'enfer, nous devons prier, et prier d'autant plus que nous sommes plus violemment attaqués. Dans nos épreuves intérieures, nous ne devons pas moins prier. La suprême ressource d'un peuple ou d'une âme en détresse, c'est la prière. Plus l'être qui prie est faible, plus sa prière est puissante. Quel motif d'encouragement !

La confiance. Les Apôtres luttent avec confiance contre la tempête et prient en même temps. A leur exemple, nous ne devons jamais nous laisser abattre ni décourager, mais, toujours pleins de confiance en Dieu, persévérer dans la résistance ; ne jamais désespérer, ni des maux de l'Église, ni de nos propres misères : le Dieu qui la protège, elle et nous, est le *Tout-Puissant* ! Il n'aura qu'un mot à dire, et il se fera un grand calme. Quand dira-t-il ce mot ? C'est son secret. Sachons attendre, et nous serons sauvés.

« Quiconque espère en Dieu sera entouré de ses miséricordes. »

A la confiance en Dieu, il faut joindre la *défiance de soi-même*. Le présomptueux qui ne craint rien, qui ne veille pas sur soi et ne fuit pas les occasions, se perd infailliblement. Dieu veut nous voir toujours humiliés sous sa puissante main ; toujours défiants de notre faiblesse et de ce fonds de corruption qui est en nous ; tenons-nous toujours en garde contre les séductions du monde et les occasions dangereuses. Qui ne craint rien se néglige, s'expose et périt. Qui craint, au contraire, évite jusqu'aux apparences du mal, a recours à Dieu dans lequel il place sa force, et il se sauve.

RÉSOLUTION. — Ne jamais compter sur soi-même et tout attendre de Dieu. — Saint Antoine, obtenez-moi cette défiance de moi-même et cette confiance inébranlable qui a fait le caractère de votre vie, et qui a été récompensée par les plus grands prodiges.

NEUVIÈME JOUR

La lecture spirituelle, autre moyen de salut.

La lecture nous apprend à connaître et à contempler les grandeurs de Dieu et ses perfections adorables. C'est par elle que nous nous instruisons plus à fond de nos devoirs et de leur étendue. C'est par la lecture que nous parvenons à nous connaître nous-même, et plus encore à nous corriger de nos défauts. Faite dans un livre bien choisi, elle devient une oraison quand on a soin de lire lentement, et de s'arrêter de temps en temps pour réfléchir et savourer le suc spirituel qu'on vient de puiser. C'est le genre de méditation des personnes qui éprouvent de la difficulté à méditer.

On devrait lire tous les jours quelque passage du saint Évangile ou quelques versets d'un chapitre de l'*Imitation de Jésus-Christ*. La *Vie des Saints* peut aussi faire le plus grand bien. Il y a encore un livre qu'il ne faut pas négliger : c'est le *Catéchisme*. Ce livre est l'abrégé des enseignements de l'Église; il renferme nos devoirs envers Dieu, envers nous-même et envers nos semblables.

Aujourd'hui les méchants abondent, les voleurs pullulent. Que de familles en détresse par suite des injustices et des malheurs des temps !... En serait-il ainsi si le Catéchisme avait la place d'honneur dans la famille et dans l'école ?... N'est-ce pas le livre béni qui *défend* tout ce qui est mal, et qui *commande* tout ce qui est bien ?... Heureux l'enfant qui l'étudie, qui met en pratique ses sublimes leçons ! Il fera l'honneur et la joie de ses parents, l'ornement de la société. L'enfant, au contraire, qui ne le connaît pas, devient le tourment des siens et trop souvent, hélas! le fléau de la société.

La doctrine du Catéchisme mise en pratique renouvellerait la face de la terre. Si chacun faisait ce qu'enseigne ce *livre d'or*, le monde offrirait le spectacle le plus consolant. Nous serions, ici-bas, comme un peuple de frères, faisant le bonheur les uns des autres en attendant le ciel. Hélas! il n'en est pas ainsi. Le catéchisme, on n'en veut plus, afin de donner plus de liberté à ses passions: aussi la terre offre le spectacle le plus désolant !

Résolution. — Prendre la résolution énergique — et la tenir — de donner tous les jours quelques minutes à une bonne lecture et à de salutaires réflexions.

DIXIÈME JOUR

Importance de la méditation.

Réflexion. — « *Promettez-moi un quart d'heure de méditation tous les jours, disait sainte Thérèse, et je vous promets le ciel.* »

Une âme fidèle à sa méditation fait son chemin du côté du Paradis. Le péché et l'oraison ne peuvent s'allier. Comment demeurer dans le péché, quand on a compris jusqu'à quel point il dégrade la beauté de notre âme ! Surtout, comment *dormir* avec un péché mortel, quand on a médité ce que c'est que l'enfer, et la possibilité d'y tomber par une *mort subite !*

Par la méditation, un pécheur peut devenir un saint. La vie de ces chrétiens illustres que l'Église a placés sur nos autels en fait foi. Entre mille exemples, prenons saint Augustin, qui marcha si longtemps dans la voie de l'erreur et de l'iniquité. Un jour, quelques lignes des Saintes Écritures lui tombent sous les yeux ; il lit, il médite, il reconnaît qu'il a été le jouet de l'illusion, il demande le baptême, embrasse généreusement toutes les pratiques de notre sainte religion, en devient la gloire, et mérite, par son zèle, ses vertus héroïques, les honneurs insignes de la canonisation. Saint Ignace de Loyola languissait sur un lit de douleur, il demande des romans, heureusement on n'en trouve pas. On lui porte la *Vie de Notre Seigneur*; il la lit, il est touché, il se convertit et devient le fondateur de l'illustre Compagnie de Jésus.

La méditation est, de tous les exercices de piété, le plus utile, le plus fécond en biens spirituels, celui auquel nous devrions être le plus attachés.

« *Une âme qui ne fait pas sa méditation n'a pas besoin de démons pour l'entrainer dans l'enfer; elle y va d'elle-même,* » dit encore sainte Thérèse. Ne soyons pas du nombre de ces âmes.

Résolution. — Se réserver tous les jours un quart d'heure, autant que possible, pour s'occuper de son salut éternel. Se rappeler souvent cette maxime de saint Ignace : « Que sert à l'homme de gagner l'univers, s'il vient à perdre son âme. »

ONZIÈME JOUR

Les promesses divines.

« En vérité, en vérité, je vous le dis : si vous demandez quelque chose à mon Père en mon nom, il vous le donnera. Jusqu'à présent, vous n'avez demandé aucune chose en mon nom ; demandez et vous recevrez, afin que votre joie soit parfaite. Quoi que ce soit que vous demandiez en priant, ayez la foi que vous l'obtiendrez, et vous le recevrez infailliblement (1). »

(1) S. Jean.

Au jour du jugement, il ne pourra pas y avoir d'excuse pour celui qui meurt dans le péché. Il ne lui servira de rien de dire qu'il n'a pas eu la force de résister à la violence de la tentation, parce que Jésus-Christ lui répondra : « Si tu n'avais pas cette force, pourquoi ne l'as-tu pas demandée, puisque tu savais que je te l'aurais donnée? Et quand tu es tombé dans le péché, pourquoi n'as-tu pas recouru à la prière, pour obtenir la grâce de la contrition et le pardon de tes fautes que je t'aurais accordés.

« Celui qui prie se sauve, dit saint Antoine ; celui qui ne prie pas s'expose à la damnation. »

Il est de foi que toute prière bien faite est exaucée, non pas toujours selon nos désirs, car souvent nous demandons des choses qui nous seraient nuisibles ou qui s'opposent aux desseins de Dieu, mais alors il nous accorde d'autres faveurs plus en rapport avec les vues de sa providence. Voici quelqu'un qui désire ardemment la guérison d'une personne chère : Dieu, qui prévoit qu'elle fera un mauvais usage de la santé, lui accorde à la place la grâce d'une sainte mort. Sa prière n'est-elle pas exaucée, et au delà ?...

Prions avec humilité, avec confiance, avec persévérance, et abandonnons-nous à notre Père céleste.

RÉSOLUTION. — Recourir à la prière dans toutes les situations de la vie, surtout qu'on on est sur le point de tomber dans le péché.

DOUZIÈME JOUR

Du Saint sacrifice de la Messe.

RÉFLEXION. — La Messe est, de toutes les actions du christianisme, la plus glorieuse à Dieu et la plus utile au salut des hommes. Jésus-Christ y renouvelle le grand mystère de la Rédemption pour chacun de nous.

Si, le Vendredi-Saint, nous nous fussions trouvés au pied de la croix de Jésus-Christ, si quelques gouttes de son précieux Sang fussent tombées sur nous, quelle immense consolation n'aurait pas éprouvée notre âme! quelle force, quelle vertu n'aurait-elle pas reçues! Jugeons-en par ce larron de profession qui, après une vie criminelle, devint si subitement un saint.... Animons donc notre foi en pensant que le même Fils de Dieu, qui s'offrit sur la croix, s'offre encore Lui-même sur nos autels.

A la voix du prêtre, Il descend du ciel, et Dieu arrête ses regards sur l'autel. « C'est là, dit-il, mon Fils bien-aimé, en qui j'ai mis toutes mes complaisances. »

Si l'homme connaissait bien ce mystère, il mourrait d'amour et de reconnaissance!... Dieu nous ménage; il se cache à cause de notre faiblesse.

« Oh! si l'on avait la foi, si l'on comprenait le prix du saint Sacrifice, que ne ferait-on pas pour y assister (1)! »

(1) Curé d'Ars.

RÉSOLUTION. — Entendre la messe avec piété et le plus souvent possible.

Prier la Sainte Vierge de placer dans le calice nos vœux et nos prières, et, par les mérites infinis de Jésus, nous serons exaucés.

TREIZIÈME JOUR

Marie, refuge des pécheurs.

RÉFLEXION. — Les pécheurs, qui, honteux de leurs fautes, pressés par la douleur et le repentir, ont été se jeter aux pieds de Marie, ont tous recouvré la grâce et l'amitié de Dieu. Les plus repentants, les plus confiants se sont même élevés à une sainteté éminente. Le trop célèbre de Quériolet, Marie d'Égypte, ne sont-ils pas, entre mille autres, des monuments éternels de sa miséricorde et de sa puissance ?...

« Marie, dit un de ses dévots serviteurs, fait la ronde des désespérés, des abandonnés, des âmes laissées pour incorrigibles ou inconvertissables : elle cherche à pénétrer dans ces âmes, et si, fidèles à son appel, elles se prosternent à ses pieds, demandant miséricorde et pardon, elles recouvrent, par son moyen, l'amitié de Dieu et leur place en Paradis. »

Que de bienheureux seraient maintenant dans les enfers si une mère chrétienne ou un maître zélé n'avait gravé dans leur cœur le *nom de Marie !* La Vierge toute puissante les a sauvés à l'heure de la mort, parce que, se souvenant de sa miséricorde, ils ont imploré son secours.

Marie est l'espérance des plus grands pécheurs. Si les damnés avaient cultivé la dévotion à Marie, pas un ne serait dans l'abîme éternel.

RÉSOLUTION. — Se faire, autant qu'on le pourra, l'apôtre de Marie; rien ne lui est plus agréable, rien ne nous est plus avantageux.

Saint Antoine a été un grand convertisseur d'âmes; il en a envoyé des milliers en Paradis. Pourquoi? Parce qu'il a été *l'enfant privilégié* de Marie, un de ses plus fidèles serviteurs. Il cherchait à inculquer dans les âmes la dévotion à cette tendre Mère qu'il avait aimée dès l'enfance, et qui l'avait rendu si cher à son divin Fils. A l'exemple de saint Antoine, aimons Marie, faisons connaître cette divine Vierge, et nous peuplerons le ciel !

Quand on a exactement suivi son itinéraire, on arrive au terme. Ame chrétienne, vous êtes sur la voie qui mène au ciel lorsque vous êtes fidèle à la loi de Dieu et que vous observez ses divins commandements. Si, à cette fidélité, vous joignez l'exercice des vertus chrétiennes, si vous faites ici-bas la pénitence que méritent les fautes inévitables à la fragilité humaine, et que vous n'ayez rien à payer à la justice divine, à l'heure de la mort, au lieu de descendre en Purgatoire pour achever l'œuvre de votre purification, le ciel vous est ouvert ! Mais faudrait-il que vous allassiez, pour un temps plus ou moins long, dans le lieu de l'expiation, un moment viendra où vous vous élancerez de ce lieu de souffrance vers votre patrie. Les portes du Paradis s'ouvriront, et vous entrerez au séjour du bonheur.

Quand, sur la terre, un homme attend un riche héritage, il y pense souvent, et s'il doit échanger une chaumière pour un palais, il y va en esprit pour en jouir par anticipation. Vous êtes sûre d'être un jour au ciel, si vous êtes fidèle ; donc, à son exemple, aimez à y aller en esprit.

Faites votre route l'œil fixé vers le ciel, c'est le moyen d'être heureux, même en portant sa croix. Avec ce souvenir, cette délicieuse espérance, nous avons dans l'exil un avant-goût des joies éternelles.

Bien-aimé saint Antoine, faites que tous ceux qui liront ces lignes en fassent la très douce expérience (1).

LES DEUX DEMEURES DE L'ÉTERNITÉ

De tous ces hommes, si heureux en apparence, qui forment aujourd'hui la scène du monde, combien en restera-t-il dans cinquante ans ? Où seront alors ceux qui auront disparu ? Les uns, au *ciel,*

(1) Autrefois, dans les familles, on faisait, le soir, de pieuses lectures, excellente pratique qu'il faudrait faire revivre. Mères chrétiennes, c'est à vous de les remettre en honneur au foyer domestique. Faites lire et relire cet *itinéraire*, afin que tous les membres de votre famille le sachent bien, et que pas un ne manque au *rendez-vous éternel.*

Les maîtres chrétiens devraient le procurer à leurs élèves, à titre de récompense, le leur faire lire et méditer.

Les personnes qui en ont les moyens pourraient répandre cette petite brochure, l'envoyer surtout aux malades ou infirmes.

Il faut, à tout prix, arracher les âmes au malheur éternel.

les autres, en *enfer*. Que seront-ils? Des *bienheu-reux* pour l'éternité ou des *malheureux* pour l'éternité!...

Où serai-je moi-même?... Mon Dieu, je veux être au ciel, par votre miséricorde, par la protection de la Très Sainte Vierge, mon Avocate et ma Mère bien-aimée, de saint Joseph, et par la puissante intercession de saint Antoine de Padoue. Je veux, en attendant, charmer les ennuis de mon exil en méditant sans cesse le bonheur qui m'attend.

LE CIEL, ÉTERNELLE DEMEURE DES ÉLUS (1)

« Où trouverai-je un tableau de cette maison de mon Père céleste où Jésus-Christ, mon adorable Sauveur, m'a préparé une place dans sa miséricorde? Qui me dira les beautés de ce séjour de délices? Saint Paul n'avait-il pas été ravi jusqu'au troisième ciel? Et cependant après cet admirable ravissement que pouvait-il nous en dire? sinon protester dans son étonnement que l'œil de l'homme n'a jamais rien vu, que son oreille n'a jamais entendu, que son cœur n'a jamais rien goûté de comparable au bonheur que Dieu a préparé à ceux qui l'aiment. » *Oculus non vidit, nec auris audivit, nec in cor hominis ascendit quæ præparavit Deus iis qui diligunt illum.* (I. Cor., ii, 9.)

Avec la Sainte Écriture et la théologie, nous distinguerons le bonheur du corps et le bonheur de

____

(1) Par un prêtre missionnaire.

l'âme. Quatre choses constituent surtout le premier : la beauté du séjour, la société des Saints, les qualités du corps glorifié et les plaisirs sensibles et corporels.

1° La beauté du séjour. — Saint Jean, dans son Apocalypse, nous fait un magnifique tableau de la Cité de Dieu. « Ses fondements, dit-il, sont construits en pierres précieuses, les douze portes sont ciselées dans douze perles, les murs sont de beau jaspe, les rues et les places sont en or pur et transparent ; elle est traversée au milieu par un fleuve d'eaux vives, aussi limpides que le cristal, et entourée d'arbres toujours verts ; enfin un astre plus brillant que le soleil répand partout la lumière de ses rayons, et produit un jour continuel, serein et sans nuages, etc. » Nous aurions tort sans doute d'entendre tout cela à la lettre ; mais cette peinture nous prouve que la magnificence de ce séjour dépasse toute conception humaine, puisque les Livres saints ne trouvent rien de mieux pour nous donner une idée de sa grandeur, de sa majesté et de sa splendeur que les images et les couleurs de tout ce que nous avons de plus beau, de plus riche, de plus magnifique sur la terre. Quel bonheur donc d'habiter éternellement un pareil séjour !

2° La société des Saints. — Considérons la douce présence, l'aimable compagnie, la conversation si franche et si affectueuse de tant de Saints, unis ensemble par un amour mutuel, qui rend commun à chacun le bonheur de tous ses frères. Tous, il est vrai, ne jouiront pas du même degré de gloire ; cette gloire sera proportionnée aux mérites de chacun; cependant il n'y aura entre eux ni jalousie, ni déplaisir, ni dépit, parce qu'ils n'auront tous qu'une seule et même volonté par leur conformité parfaite à celle de leur Dieu. Ceux qui seront inférieurs en gloire, se réjouiront donc de l'exaltation des autres, et ils en loueront Dieu comme s'il s'agissait de leur propre honneur. Chacun sera tellement satisfait de son état particulier, qu'il ne lui viendra pas même le désir d'être autre chose que ce qu'il est. Tous les Saints s'aimeront mutuellement au point que, par cette approbation, cette complaisance et cette joie réciproques, la félicité de tous deviendra en quelque sorte la propriété de chacun. Oh! quelle société délicieuse! Quel bonheur de vivre en compagnie de telles personnes, ainsi que de nos parents et de nos amis que nous reconnaîtrons parmi elles, et de leur être inséparablement associé pour toute l'éternité.

3° **Les qualités du corps glorifié.** — Le corps revêtu de gloire ressemblera à un ange par l'impassibilité, la clarté, l'agilité et la subtilité, comme nous l'apprend saint Paul. « Le corps, dit-il, est mis en terre plein de corruption, et il ressuscitera incorruptible. Il est mis en terre tout difforme, et il ressuscitera tout glorieux. Il est mis en terre privé de mouvement, et il ressuscitera plein de vigueur. Il est mis en terre comme un corps tout animal, et il ressuscitera comme un corps tout spirituel. *Seminatur in corruptione, surget in corruptione. Seminatur in ignobilitate, surget in gloria. Seminatur in infirmitate, surget in virtute. Seminatur corpus animale, surget corpus spiritale.* »

Par l'impassibilité, ce corps, aujourd'hui si languissant, si fragile, sujet à tant d'infirmités et de douleurs, n'éprouvera plus aucune incommodité, aucune douleur, aucune altération; il ne souffrira plus ni faim, ni soif, ni froid, ni chaud, ni lassitude.

Par la clarté, ce corps, si obscur et si terrestre, deviendra lumineux et resplendissant comme le soleil. Jésus-Christ nous l'atteste expressément quand Il nous dit : « Alors les justes brilleront comme le soleil dans le royaume de leur Père; *Tunc justi fulgebunt sicut sol in regno Patris eorum.* » Et il en donna lui-même un aperçu à ses Apôtres, le jour de sa transfiguration sur le Thabor; ayant laissé tomber sur son humanité un rayon de sa divinité, son visage apparut soudain eblouissant comme le soleil et ses vêtements blancs comme la neige. Nous lisons aussi dans la *Vie de sainte Catherine de Bologne*, qu'elle vit l'âme de Jean, évêque de Ferrare, monter au ciel comme un astre brillant.

Par l'agilité, ce corps, maintenant si lourd et si grossier, obtiendra une légèreté, une promptitude angéliques, de sorte qu'il pourra à volonté et sans effort se transporter d'un lieu à un autre avec la rapidité de l'éclair. Notre divin Sauveur nous donna encore un exemple de cette agilité après sa résurrection, se rendant présent à ses Apôtres en un clin d'œil, tantôt dans le Cénacle, tantôt sur le chemin d'Emmaüs, tantôt sur les bords du lac de Tibériade.

Par la subtilité, notre corps sera tellement spiritualisé que, sans cesser d'être corps, il pourra néanmoins, à la manière des esprits, pénétrer et traverser la matière la plus compacte, la plus dure et la plus dense. C'est ainsi que Notre-Seigneur traversa l'énorme pierre qui couvrait son sépulcre sans la briser; c'est ainsi qu'il entrait dans le Cénacle et qu'il en sortait les portes fermées.

Telles sont les qualités béatifiques des corps glorifiés. Mais ce n'est pas tout : ces corps seront reformés, embellis et rendus semblables au corps glorieux de Jésus-Christ ; ils seront des copies vivantes de ce divin Modèle, de ce parfait Modèle de beauté, de majesté et de grâce qui est l'humanité sainte du divin Sauveur : *Reformabit corpus humilitatis nostræ configuratum corpori claritatis suæ.*

Les plaisirs sensibles et corporels. — Au ciel, tous nos sens seront rassasiés de tous les plaisirs dont ils sont susceptibles. L'œil sera réjoui par la vue des merveilleuses beautés de la Cité céleste, par la vue de ces légions innombrables d'élus, surtout par la vue de l'humanité sainte de Jésus-Christ et de la Très Sainte Vierge. L'ouïe sera ravie par la délicieuse harmonie avec laquelle les Anges et les Saints chanteront des hymnes de bénédiction et de louange à l'Auteur de leur félicité éternelle. L'odorat sera délecté par l'odeur enivrante qui s'échappera de tous ces corps glorifiés et doués d'une éternelle incorruptibilité. En un mot, tous les sens jouiront de la plénitude des plaisirs particuliers qui leur conviennent; mais tous ces plaisirs seront d'une nature parfaitement spirituelle et conforme à une béatitude toute pure et toute sainte comme celle du ciel.

Cependant le bonheur des élus consiste moins dans les biens accordés à leur corps que dans les plaisirs qui inondent leur âme. Le bonheur dont nous venons de parler n'est que le paradis des sens, la gloire accidentelle, très précieuse, il est vrai, considérée en elle-même, mais bien imparfaite, si on la compare à la gloire substantielle qui appartient à l'âme et qui consiste dans la vision intuitive de Dieu. Saint Paul nous assure, en effet, que notre véritable félicité ne se trouve pas dans les choses sensibles, mais bien dans la joie et le contentement du cœur. Dieu lui-même veut être notre « récompense et notre bonheur; » Il veut verser dans notre âme cette plénitude immense de joie dont il jouit essentiellement et infiniment en Lui-même : « C'est moi, dit-Il à Abraham, qui suis ta récompense souveraine : *Ergo sum merces tua magnanimis.* » Voilà, en réalité, en quoi consiste la félicité essentielle des élus. Voir Dieu, l'aimer et le posséder, telle est la béatitude parfaite du Paradis, tel est le bonheur qui fait dire à David dans un saint tressaillement : « Seigneur, quand je verrai votre gloire, je serai au comble de mes désirs; *Satiabor cum apparuerit gloria tua.* »

1° **Voir Dieu.** — Ici-bas, nous ne pouvons Le voir de nos yeux; mais dans le ciel, fortifiés par la lumière surnaturelle de la gloire, nous pourrons fixer nos regards sur Lui. Le voir à découvert, Le contempler face à face, Le reconnaître et l'envisager en personne : « *In lumine tuo videbimus lumen.*

— Videbimus eum sicuti est. — Videmus nunc per speculum in œnigmate : tunc autem facie ad faciem. » (Ps. XXXIV, 10. — I. JOAN., III, 2. — I. COR., XV, 32.) Or qu'est-ce que c'est que voir Dieu à découvert? C'est connaître tout ce qu'il est en Lui-même, l'unité de l'essence divine, la trinité des personnes, l'océan de ses infinies perfections, les trésors ineffables de sa sagesse, de sa bonté, de sa toute puissance, de sa sainteté, etc. Bien plus, comme Dieu renferme en Lui-même la perfection de toutes les choses qui ont existé, existent et existeront, et même de tous les êtres possibles, voir Dieu, ce sera avoir une connaissance claire et distincte de tous les secrets les plus cachés, soit dans l'ordre de la nature, soit dans l'ordre de la grâce. Voilà donc notre intelligence remplie de science et de lumière, voilà donc son désir si vif et si naturel de savoir et de comprendre pleinement satisfait. Rien ne nous sera plus caché, tout nous sera découvert. Au premier coup d'œil qu'un saint jettera sur Dieu, aurait-il été un laboureur ignorant, il en saura plus que les philosophes et tous les théologiens du monde unis ensemble.

2° **Aimer Dieu**, *amabimus.* — En contemplant Dieu, nous trouverons en Lui le souverain bien, le type de toute beauté qui doit satisfaire pleinement l'immensité de nos désirs. Aussi le Roi-Prophète dit-il au Seigneur : « Vos élus seront enivrés de l'abondance de votre maison, et vous les abreuverez du torrent de vos délices, parce qu'en Vous est la source de la vie, et que dans la splendeur de votre gloire nous verrons la lumière qui doit combler nos désirs et réaliser notre félicité : *Inebriabuntur ab ubertate domus tuæ, et torrente voluptatis tuæ potabis eos. Quoniam apud te est fons vitæ, et in lumine tuo videbimus lumen.* » (PSAL., XXXV, 9, 10.)

3° **Nous posséderons Dieu**, *videbimus, amabimus, possidebimus.* — Non seulement nous verrons et nous aimerons Dieu, mais encore nous le posséderons. Notre amour sera un amour de jouissance, d'une union bienheureuse, intime et spirituelle par laquelle nous serons plongés en Dieu, et Dieu, de son côté, se communiquera pleinement à chacun de nous, nous fera partager sa béatitude même et nous transformera, pour ainsi dire, en Lui, en nous faisant jouir de toutes ses divines perfections, de tous ses biens, enfin de tout ce qu'il possède.

« Nous savons, dit le disciple bien-aimé, que, lorsque Jésus-Christ se montrera dans sa gloire, nous serons, en quelque manière, semblables à Lui, parce que nous Le verrons tel qu'Il est, et que cette vue nous transformera en son image et en sa ressemblance. *Scimus quoniam cum apparuerit similes ei erimus : quoniam videbimus eum sicuti est.* Comme les poissons de la mer sont plongés dans un abîme d'eau qui les entoure de tous côtés, ainsi les bienheureux seront plongés dans un océan de félicité sans bornes et sans fin qui n'est autre que Dieu Lui-même. Le soleil, qui brille dans un ciel serein et sans nuage, montre sa splendeur aux yeux de tous, communique à tous sans détriment pour personne son agréable lumière et sa bienfaisante chaleur : De même Dieu, ce Soleil de justice et de lumière éternelle, paraîtra à découvert à tous ses élus, et communiquera à chacun d'eux, sans aucun préjudice pour les autres, sa gloire, sa béatitude et toutes ses ineffables perfections. Voyez la transformation du fer plongé dans une fournaise ardente : sans cesser d'être fer, il est semblable au feu qui le pénètre dans toutes ses molécules; il brille comme le feu, il échauffe et brûle comme le feu. Ainsi les bienheureux seront si intimement unis à Dieu, ils seront tellement remplis de l'essence divine, que, sans perdre la qualité de créatures, ils se transformeront en Dieu, ils deviendront en quelque manière semblables à Dieu, possédant en Lui la beauté, la bonté, la sagesse, la grandeur, la richesse, le bonheur et l'immortalité. N'est-ce pas le cas de nous écrier avec le grand Apôtre : « Dégagés du voile qui nous couvrait les yeux, nous contemplons tous la gloire du Seigneur, et, avançant de clarté en clarté par l'illumination du Saint-Esprit, nous sommes tranformés en sa ressemblance : *Nos vero omnes revelata facie gloriam Domini speculantes, in eamdem imaginem transformamu a claritate in claritatem, tamquam a Domini spiritu?* » (II. COR., IV, 18.)

Ce qui mettra le comble au bonheur des élus, ce sera la certitude infaillible de son éternelle durée. Le Paradis cesserait d'être le Paradis si l'on pouvait craindre d'en voir la fin. Une telle crainte empoisonnerait tous les plaisirs qu'on y goûte ; mais non, jamais aucun doute à ce sujet ne viendra troubler leur bonheur, car ils verront clairement en Dieu l'immuable volonté d'éterniser leur félicité et leur gloire, et, transportés d'allégresse, ils répèteront sans cesse ces douces paroles : « Nous sommes heureux avec Dieu et nous le serons toujours; notre bonheur ne cessera jamais, jamais il ne sera interrompu; il sera toujours le même pendant toute l'éternité : *Et sic semper cum Domino erimus.*

N'allez pas croire cependant que la jouissance continuelle et sans fin de la béatitude céleste finira par causer de l'ennui et du dégoût aux bienheureux; non, la satiété, le dégoût ne sont que l'effet des biens terrestres que l'on désire quand on ne les possède pas, et qui ne produisent qu'ennui et dégoût quand on les possède. Il en est bien autrement des biens surnaturels. « Les bienheureux sont toujours rassasiés : dit saint Augustin, et ils ne seront jamais rassasiés : toujours rassasiés, parce que jamais rien ne manquera à la plénitude de leur félicité; mais ils ne seront jamais rassasiés. parce que le désir d'en jouir sera continuel et toujours renaissant en eux : sans cesse, ils trouveront en Dieu de nouvelles beautés, de nouvelles merveilles, de nouvelles perfections dont la vue les comblera d'une jouissance, d'une joie, d'une béatitude incessante et éternelle. »

Sainte Thérèse, qui eut le bonheur de voir dans une extase quelque chose de la félicité éternelle. disait dans la suite : « Les choses que je voyais étaient si grandes et si admirables, que la moindre suffit pour ravir l'âme en admiration et lui donner du mépris pour toutes les choses de la terre.... Notre imagination, quelque vive et pénétrante qu'elle soit, est incapable de s'en figurer l'éclat, ni de se représenter aucune des choses que Notre-Seigneur me faisait alors connaître avec un tel excès de plaisir que tous mes sens en étaient ravis; aussi je suis contrainte de garder le silence là-dessus.... Notre-Seigneur, me montrant toujours, sans s'éloigner de moi, des choses merveilleuses et inconcevables, me dit : « Considérez, ma fille, » ce que perdent ceux qui ne se conforment pas » à mes volontés, et ne manquez pas de le leur » dire. »

» Depuis ce temps, j'ai senti un si grand mépris pour tout ce qu'il y a sur la terre, que j'ai honte de voir que des choses si basses soient capables de nous occuper. Hélas ! les gens du monde n'en font-ils pas leur unique affaire au détriment de celle qui seule est nécessaire, le salut de leur âme, le bonheur de leur éternité, qu'ils changent, par leur indifférence, en une *éternité de supplices !* Comment qualifier une semblable démence ?... »

L'ENFER, ÉTERNELLE DEMEURE DES RÉPROUVÉS (1)

L'habitation des réprouvés. — L'habitation des réprouvés, c'est l'*enfer*.... Mais qu'est-ce que l'enfer ? Le Saint-Esprit l'appelle *le lieu des tourments... une région de misères et de ténèbres qu'habite le désordre... le lac de la justice de Dieu... une fournaise ardente... le puits de l'abîme... le pressoir du vin de la justice du Tout-Puissant,* sous lequel un Dieu

(1) Le moyen de ne pas descendre en enfer à l'heure de la mort, c'est d'y aller souvent pendant la vie.

« Celui qui ne pense jamais à l'enfer n'y échappera pas. »

irrité par l'*ingratitude* des pécheurs obstinés les punira éternellement.

L'*enfer*, c'est la réunion de tous les maux. Saint Paul, ravi jusqu'au troisième ciel, s'écriait, dans les transports de l'admiration : « Non, l'œil de l'homme n'a jamais rien vu, l'esprit de l'homme ne pourra jamais concevoir rien qui soit comparable à ce que Dieu dans sa magnificence prépare à ses élus. » Il faut en dire autant de l'enfer : L'œil de l'homme n'a jamais rien vu, son esprit ne pourra jamais concevoir rien qui soit comparable à ce que la sainte et rigoureuse justice de Dieu prépare à ceux qui auront le malheur de mourir dans la réprobation.

Réunissez sur un seul homme tous les maux qui affligent l'humanité, est-ce là le supplice d'un réprouvé ? — Non.

Qui connaît les tourments affreux qu'endurèrent les martyrs du Japon ? On dépouillait un chrétien de ses vêtements, on versait lentement sur son corps de l'eau bouillante ; bientôt les chairs s'entr'ouvraient, se corrompaient, le martyr devenait tout vivant la pâture des vers, et cet horrible supplice durait quelquefois un mois entier. On arrachait à un autre les ongles des pieds et des mains, on lui enlevait la chair de tous les membres avec de longues machines de fer, et ce tourment ne finissait qu'avec la vie. Vous frémissez, et cependant si je vous disais que ce supplice est l'enfer, je vous tromperais. Le Père Lallemant fut pris par les Iroquois. Ces sauvages entourèrent son corps d'écorces sèches et y mirent le feu. Il était jeune et robuste ; il résista à l'action du feu. Les Iroquois, furieux, lui arrachent les deux yeux et y entre-tiennent pendant dix-sept jours des charbons ardents. Quel supplice ! Est-ce là le tourment de l'enfer ? — Non.

Dans l'*enfer*, le réprouvé est plongé dans un étang de feu, feu au-dessus de lui. feu au-dessous, feu autour, feu au dedans. O enfer ! faut-il attendre qu'on soit dans les flammes pour y croire et pour les craindre ?... Et ce supplice durera toujours !...

Deux chiffres suffisent pour exprimer la plus longue vie des hommes ; trois, la durée de bien des empires ; quatre, la durée du monde depuis la création : vingt suffiraient pour exprimer le nombre des grains de sable qui couvrent les bords de la mer, des gouttes d'eau qui sont dans l'Océan. Sup-posons une suite de chiffres qui surpasse elle-même le nombre de ces grains de sable, de ces gouttes d'eau, une suite de chiffres qui aille d'ici au soleil, sera-ce assez pour exprimer l'*éternité*? Hélas! ce ne sera pas même de quoi exprimer un jour de ces années qui n'auront pas de fin. Voilà pourquoi le Prophète-Roi compare l'éternité malheureuse à une roue dont le mouvement recommence sans cesse là où il semble finir. C'est dans cette roue de malheurs que roulent depuis tant de siècles les pauvres damnés ; et après qu'ils y auront roulé autant de millions d'années et de siècles qu'il y a d'étoiles au firmament, de grains de sable sur le bord de la mer, ils commenceront de nouveau à y rouler dans un mouvement aussi interminable que l'éternité de Dieu même. Justice de mon Dieu, qui ne craindra de tomber dans vos mains terribles ! O *éternité*, durée immense, abîme sans fond, mer sans rivages, souterrain sans issue, qui ne tremblera en te considérant !... Serai-je assez insensé pour te préférer un *instant* de plaisir ?

Dans quelle société est le réprouvé? — Il est associé à tous les pécheurs. Dans ce *bagne* éternel se trouvent les impies, les voleurs, les malfaiteurs de tous genres. Représentez-vous cette assemblée si hideuse que rien de semblable ne se trouverait dans les cachots et les bagnes de la justice humaine.... Représentez-vous ces misérables, liés ensemble comme un faisceau d'épines, ou bien comme un amas d'étoupe jeté au milieu des flammes, s'accusant, se maudissant, se déchirant les uns les autres (1).

(1) Dieu proportionne le châtiment au nombre et à la grandeur des péchés commis. Celui qui n'a commis qu'un péché mortel ne souffre pas comme celui qui en a commis plusieurs. La bonté de Dieu et sa justice s'exercent même en enfer, car chacun n'y souffre que proportionnellement au nombre et à la grandeur des péchés qu'il a faits.

Un religieux prêchant sur l'enfer racontait le fait suivant. « Une personne qui avait mené une vie innocente et pure vint à mourir après avoir eu le malheur de commettre un péché mortel contre la charité ou la justice. Après sa mort, elle apparut, par une permission divine, et déclara qu'à cause du soin qu'elle avait mis à conserver sa pureté, elle était en enfer dans un globe de feu, et que les démons n'avaient pas le pouvoir de la torturer comme les autres damnés, qu'elle n'avait aucun contact avec eux, et que ses souffrances, toutes grandes qu'elles fussent, étaient pourtant de beaucoup inférieures à celles des autres réprouvés.

Qu'entend-il? — Hélas! des cris déchirants, des hurlements affreux. C'est un enfant qui reproche à son père de ne lui avoir pas fait donner une éducation chrétienne, et qui le maudit. C'est une jeune fille qui dit à sa mère : « Si vous m'aviez élevée pieusement, aujourd'hui je serais au ciel comme tant d'autres qui ont eu le bonheur d'avoir une mère bien chrétienne; vous avez fait mon malheur et je n'aurai pour vous qu'une haine éternelle!... »

Quel est son plus grand regret? — C'est de voir qu'il lui eût été facile de se sauver. « Dieu m'avait destiné à jouir de son bonheur, se dit le réprouvé, et je n'ai pas voulu; il me demandait mon cœur, et je le lui ai refusé; il me conjurait de l'aimer, et j'ai mieux aimé le haïr et l'outrager. Malheureux! j'ai tout perdu, mon âme, mon éternité, mon Dieu! »

Il s'élance, il voudrait s'arracher du fond de l'abîme, s'élever jusqu'au ciel; une force invincible le tient cloué au lieu de son supplice. Alors il pousse des hurlements affreux, et ce qui met le comble à son désespoir, c'est qu'il est obligé de reconnaître que tout en Dieu est *équité* et *justice*!

« Grand Dieu, vous êtes bon, et j'ai été méchant et j'ai voulu l'être; je me suis rangé du côté de vos ennemis. Vous êtes juste et vos jugements sont équitables.... Pour moi, plus de Paradis, plus de bonheur, plus de repos : je suis perdu!... »

Il croit voir aux voûtes de l'abîme la croix de son Sauveur toute couverte de sang.

« Malheureux! le sang d'un Dieu a coulé sur la croix

pour mon bonheur, et je n'ai pas voulu en profiter! Mon Dieu a été couvert de plaies, il a répandu tout son sang jusqu'à la dernière goutte, il est mort pour me sauver, et ses plaies et son sang, je les ai rendus inutiles!... Beau ciel! Jésus, je ne vous verrai donc jamais!...

Ce souvenir des grâces reçues et des facilités qu'on a eues pour le salut est un des plus affreux supplices d'un damné. « L'enfer des enfers, dit un pieux auteur, c'est de penser qu'on aurait pu si facilement éviter cet affreux séjour. Qu'aurait-il fallu pour cela? Si peu de chose! revenir à Dieu par une prompte et sincère conversion, se faire un plan de conduite chrétienne et s'y accoutumer. Hélas! je n'avais qu'un mot à dire, qu'un pas à faire: je pouvais dire à Dieu : J'ai péché contre le Ciel et contre vous; je pouvais me jeter aux pieds de Marie, d'autres pécheurs l'ont invoquée à l'heure de la mort, et elle leur a obtenu miséricorde. Si je suis damné, c'est par *ma faute*, par *ma propre faute* et par *ma très grande faute.* »

O mon Dieu, je ne veux plus m'exposer à tomber en enfer, et pour cela, je veux, à tout prix, éviter le péché. Je ne m'endormirai jamais avec une faute grave sur la conscience, de peur de m'éveiller en enfer.

O Marie, ma bonne Mère, vous qui n'abandonnez et ne méprisez personne, vous qui êtes toujours disposée à accueillir le pécheur, même le plus désespéré, je vous confie mon âme et mon salut éternel: veillez sur moi surtout à l'heure de la tentation, afin que je n'aie plus le malheur d'offenser le bon Dieu et de m'exposer à la damnation éternelle.

Saint Antoine de Padoue, c'est la dévotion que j'ai pour vous qui m'a porté à faire ces saints exercices, qui m'ont fait ouvrir les yeux et sentir la nécessité d'entrer dans la voie du salut. Oh ! combien je sens croître ma dévotion envers vous. O mon bien-aimé Saint, soyez plus que jamais mon protecteur. Soyez surtout mon avocat auprès de Jésus et de Marie ; obtenez-moi la contrition de mes péchés, la grâce de faire une sincère confession. Obtenez-moi ensuite la grâce de ne plus offenser le bon Dieu et d'aller un jour au ciel, pour l'aimer avec vous et le glorifier pendant l'éternité.

TOUJOURS
AU CIEL DANS LES DÉLICES!

OU

EN ENFER DANS LES SUPPLICES!

Tant qu'il est temps, pensez-y bien!

QUELLE est l'âme qui, pensant qu'un seul péché mortel peut la damner pour une *éternité*, pourrait jamais consentir à le commettre, et, si elle l'a commis, pourrait demeurer un seul instant dans ce triste état où la main de Dieu peut la frapper ?

Homme mortel, qui avez une âme immortelle, méditez, pesez attentivement ce grand mot.

Éternité!

O mon âme, déteste tes péchés, sors de tes iniquités, élève-toi vers ton centre et ne diffère plus ta conversion; le passé n'est plus; l'avenir n'est pas en ton pouvoir, et le présent n'est qu'un moment qui t'est donné pour servir Dieu et gagner l'éternité bienheureuse. Conçois bien et pèse la force de ces paroles : *Une éternité.*

Une éternité qui sera pour ton bonheur ou ton malheur éternel !...

Quel vaste sujet de méditation !...

O Dieu! O moment! O Éternité!

L'Éternité dépend de la mort,
La mort dépend de la vie,
La vie dépend d'un moment,
D'un moment dépend l'Éternité.
    Pensez-y !....

O moment! O Éternité!

O Éternité! Que dirai-je de toi ? comment le dirai-je ? qui comprendra jamais ce que veut dire

Éternité !

Oh! qu'elle est longue! qu'elle est profonde! qu'elle est immense et infinie dans ses biens et dans ses maux! qu'elle est heureuse ou malheureuse, cette souveraine de tous les siècles, cette interminable et toujours vivante

Éternité !

Pour le vrai chrétien, elle est infinie dans ses biens. Pour le pécheur, elle est infinie dans ses maux, cette interminable

Éternité !

Éternité! O éternité du Paradis, qui ne te voudrait?
Éternité de l'enfer, qui ne te craindrait?

O Éternité !

Tant que Dieu sera Dieu, l'enfer durera. Mais combien de temps et jusqu'à quand sera-ce ? Pour *toujours*, pour *jamais*, pour *l'éternité* !

Toujours ! Jamais ! Éternité !

Les plaisirs passent, les afflictions passent, les récompenses dureront éternellement. Choisissez, ou le plaisir d'un moment et la peine de l'éternité, ou la peine d'un moment et le plaisir de l'éternité,

Dans le ciel, *toujours* Dieu à contempler, à aimer à posséder, à bénir : *Toujours* !

Et *jamais* plus de larmes. ni de mort, ni de deuil, ni de cris, ni de douleur : jamais !

Dans l'enfer : *Toujours* le remords qui **ronge**,
Toujours le feu qui brûle,
Toujours les pleurs qui coulent.
Toujours les dents qui grincent,
Toujours les démons qui tourmentent,
Toujours la malédiction de Dieu :
Un rayon de jour qui réjouit : *jamais* !
Un moment de repos : *jamais* !
Une goutte d'eau qui rafraîchisse : *jamais* !
Une lueur d'espérance : *jamais, jamais, jamais* !...

O Toujours ! O Jamais ! O Éternité !

Je compte mille ans, je compte cent mille ans et cent millions de fois mille ans, et autant de millions de fois mille ans qu'il y a
De feuilles d'arbres dans les forêts,

De brins d'herbe dans les prairies,
De grains de sable sur les rivages,
De gouttes d'eau dans l'Océan,
D'atomes dans l'air,
D'étoiles au firmament,
Et je n'aurai pas encore trouvé le nombre qui me donne une juste idée de

L'Éternité !

Un jour viendra que le soleil aura été éteint, le monde aura été consumé, la race humaine aura fini, les vivants et les morts auront été jugés, les siècles et les siècles des siècles se seront amoncelés ; puis il y aura eu des abîmes de durée depuis ce jour de la vie passée si vite : elle ne paraîtra plus, la vie, que dans un immense éloignement, comme ces étoiles presque imperceptibles que l'œil ne découvre que comme un songe évanoui. Et ce sera encore, et ce sera toujours autant que jamais

L'Éternité !

Car elle durera *toujours*, elle ne finira *jamais*.

O Toujours! O Jamais! O Éternité !

Mortel, qui avez une âme immortelle,
Il y a une éternité et vous n'y pensez pas!
Vous n'y pensez pas, et cette *éternité*
   Est *pour vous.*
Et vous êtes sur le bord de cette éternité!
Et dans quelques jours, il n'y aura plus rien

De tous ces plaisirs qui vous amusent,
De toutes ces affaires qui vous occupent,
De toute cette vie qui vous abuse.
Il n'y aura plus rien que

L'Éternité !

L'ÉTERNITÉ et vos ŒUVRES, et leurs FRUITS ;
Alors le PLAISIR DU PÉCHEUR aura passé ;
mais la PEINE lui restera ;
Et la PEINE du JUSTE aura passé ;
mais le PLAISIR lui restera.
Donc : ou les PLAISIRS du TEMPS
avec les PEINES de l'ÉTERNITÉ,
ou les PEINES du TEMPS
avec les PLAISIRS de l'ÉTERNITÉ.

J'ai choisi. Je veux le ciel pour l'ÉTERNITÉ. Quoi ! je n'aurais pas le courage de me priver de quelques satisfactions, de vaincre le respect humain pour mériter la BIENHEUREUSE ÉTERNITÉ. Où donc serait ma foi, où donc serait ma raison ? On fait tous les jours le sacrifice de son repos, de sa santé pour une fumée d'honneur, on travaille toute sa vie pour un peu d'argent que l'on sait être obligé de laisser en mourant, et pour échapper aux SUPPLICES ÉTERNELS, je ne ferais rien ?...

Supplication.

O Dieu éternel, ô mon Souverain Juge, je me jette à vos pieds, saisi d'effroi à la pensée de l'ÉTERNITÉ. Je n'ai qu'une âme, je ne veux plus m'exposer à la perdre pour une ÉTERNITÉ. Pardon, pardon, ô mon Dieu, de m'être exposé en péchant à Vous perdre pour l'ÉTERNITÉ. Je n'ai d'appui que dans la grandeur de vos miséricordes et dans l'amertume de mon repentir, mais vous ne rejetez jamais un cœur contrit et humilié : vous êtes avant tout un Dieu de miséricorde et de pardon. Je crois en vous et à l'ÉTERNITÉ : je vous adore avec une humble soumission : j'espère en vous et de vous une heureuse ÉTERNITÉ : je vous aime de tout mon cœur et je veux vous aimer toute l'ÉTERNITÉ. Je me soumets à tout ce qu'il vous plaira. Je vous dirai avec saint Augustin : Frappez, coupez, brûlez, ne m'épargnez pas dans le temps : mais sauvez-moi, sauvez-moi pour l'ÉTERNITÉ. Je consens à tout souffrir ici-bas pourvu que vous m'épargniez dans

L'Éternité!

Accordez-moi, Dieu tout puissant et infiniment bon, toutes les grâces qui me sont nécessaires, afin que je vous serve si fidèlement pendant ma vie que je mérite de vous posséder pendant

L'Éternité.

Saint Antoine de Padoue, vous qui avez sauvé tant d'âmes en prêchant ces grandes vérités, faites que j'en sois pénétré comme l'étaient ceux qui avaient le bonheur de vous entendre. Faites, par vos prières, que ma conversion soit sincère. Je prends la résolution d'éviter le péché et toutes les occasions qui pourraient m'exposer à le commettre.

Cette résolution, offrez-la vous-même à Jésus mon Sauveur, et demandez pour moi la persévérance. Suppliez la Sainte Vierge d'intercéder en ma faveur, et de m'obtenir le pardon de mes péchés et la grâce de ne plus offenser le bon Dieu.

PRIÈRE QUOTIDIENNE

Divin Cœur de Jésus, je vous offre, par le Cœur immaculé de Marie, les prières, les œuvres et les souffrances de cette journée, unies à vos mérites infinis, en réparation de nos offenses et à toutes vos intentions.

Je vous les offre, en particulier, pour tous ceux qui entrent aujourd'hui même en agonie, afin que leur dernière heure soit fortifiée par vos bénédictions et qu'ils meurent dans la paix de votre saint amour. Ainsi soit-il.

A l'instant où nous nous trouvons et à chacun des instants de cette journée, il est sur un point du monde *une âme pour qui l'éternité s'ouvre* : il meurt chaque jour environ 80,000 personnes dans l'univers, en moyenne une à chaque seconde.

Pour trancher à l'égard d'une âme qui va paraître devant Dieu l'alternative si redoutable de l'*enfer* ou du *ciel*, que faut-il? Une grâce efficace de repentir. Cette grâce, il nous est possible de l'obtenir par une prière, un sacrifice offert en sa faveur.

Il se peut que si nous faisons cette prière et ce sacrifice, cette âme soit arrachée à l'enfer; que si nous ne les faisons pas, elle y soit plongée pour jamais. Quel stimulant pour nous exciter à cette intercession.

Si, par nos prières et les efforts de notre zèle, nous sauvions une âme tous les jours, à la fin de l'année nous aurions gagné **365** âmes à Dieu. Dans dix ans 3.650. Quel trésor de mérites accumulés !...

Quelle moisson!
Quelle couronne pour l'éternité!...

LES DÉVOTIONS CHÈRES
A SAINT ANTOINE DE PADOUE (1)

Sa dévotion à l'Eucharistie.

L'adorable sacrement de l'Eucharistie était l'objet de la foi et de l'amour de notre Saint. Il célébrait les saints Mystères avec une ferveur qui impressionnait les assistants. Il passait de longues heures auprès du Tabernacle où le Sauveur réside par un excès d'amour, et trouvait ses délices à s'entretenir avec Lui. Forcé de le quitter, il Lui témoignait ses regrets et Lui laissait son cœur.

Dévotion de saint Antoine à la Passion du Sauveur.

A l'exemple de son séraphique père François d'Assise, saint Antoine faisait de la Passion du Sauveur l'objet de ses longues et ferventes méditations. La vue de Jésus crucifié faisait couler ses larmes et allumait dans son cœur les flammes de la charité la plus ardente.

Notre Saint brûlait du désir de gagner à Jésus les âmes qui lui avaient coûté si cher ! Les jeûnes au pain et à l'eau, les nuits passées en prière, les disciplines de fer épuisaient son corps débile ; voilà de quelle manière il participait aux douleurs de son Jésus, et ce qu'il Lui offrait pour le salut des pécheurs. Est-il étonnant qu'il en ait tant converti ?

Nous ne sommes pas capables de faire de si grandes choses, mais au moins pensons quelquefois à la Passion,

(1) Si vous avez une vraie dévotion à saint Antoine de Padoue, aimez notre Seigneur, méditez souvent sa Passion. Que les dévotions chères à ce Saint deviennent *les vôtres ;* c'est le moyen de lui être agréable et de mériter ses faveurs.

faisons souvent le Chemin de la Croix, — saint Antoine le faisait avec tant d'amour. — Oh! surtout sachons faire quelques petits sacrifices pour prouver notre reconnaissance à notre Sauveur bien-aimé, et obtenir la conversion des pécheurs.

LE CHEMIN DE CROIX
DE CELUI QUI SOUFFRE, (1)

Au commencement de chaque station, on dit :

Adoramus te, Christe, et benedicimus tibi.
Quia per sanctam Crucem tuam redemisti mundum.

PREMIÈRE STATION

Jésus est condamné à mort.

Seigneur, vous avez dit : « Venez à moi, vous qui êtes dans la peine, » et je suis venu méditer vos douleurs, car je sentais mon âme triste et découragée.

— Mon enfant, quand j'entendis mon arrêt de mort, je ne me décourageai pas, je pensai au péché, au pardon qui devait être le prix de mes souffrances, et mon amour me donna la force.

A la fin de chaque station, on dit :

Pater, etc., *Ave,* etc., *Gloria Patri,* etc.
Miserere nostri, Domine.
Miserere nostri.
Fidelium animæ, etc. ℞. *Amen.*

(1) Ce Chemin de Croix, dont nous ne connaissons pas l'auteur, se trouve dans plusieurs ouvrages de piété.
Aucune formule particulière n'est requise pour gagner les

DEUXIÈME STATION
Jésus chargé de sa croix.

Que cette croix est lourde, ô mon Sauveur ! comment avez-vous pu la considérer sans frémir ? comment avez-vous pu l'accepter sans vous plaindre ?

— Mon enfant, si tu veux rendre ma croix aimable, prends-la de la main d'un Dieu comme de la main d'un père, et porte-la devant lui avec amour.

TROISIÈME STATION
Première chute.

Souvent, Seigneur, mon âme se trouble, ma force m'abandonne et la lumière de ma foi semble s'éteindre.

— Pauvre enfant, est-il étonnant que tu sois faible. Humilie-toi et demeure ferme dans ton espérance. Job disait : « Quand vous me tueriez, Seigneur, j'espérerais encore en vous. »

QUATRIÈME STATION
Jésus rencontre sa Très Sainte Mère.

O Jésus ! la rencontre de votre sainte Mère, sa

nombreuses indulgences du Chemin de la Croix. Il suffit d'aller devant chacune des quatorze stations, et d'y méditer un moment, de faire de temps en temps, un acte de contrition et d'amour comme nous le suggère notre cœur. Cette manière de faire le chemin de la croix est très profitable à l'âme. A la fin, on dit cinq *Pater* et cinq *Ave* aux intentions du Souverain Pontife.

Les personnes qui éprouvent trop de difficulté à méditer peuvent lire pieusement les considérations propres à chaque station, et y réfléchir un instant.

douleur, sa tendresse, ses larmes durent briser votre âme....

— Mon enfant, sentir le déchirement de la nature n'est pas une faute, c'est une occasion de mérite. Si, pour plaire à Dieu, tu as à lutter contre ton cœur, rappelle-toi Jésus rencontrant sa Mère.

CINQUIÈME STATION

Simon le Cyrénéen aide Jésus à porter sa croix.

On ne trouve qu'un homme pour vous aider, Seigneur, et encore il faut l'y contraindre.

Oh! que cet abandon dut vous être sensible!

— Dieu est fidèle, mais ne compte pas sur les hommes. Ne sois pas surpris si tes amis mêmes s'éloignent de toi : dans ma douleur, j'ai cherché des consolations, et je n'en ai point trouvé.

SIXIÈME STATION

Véronique essuie la face de Jésus.

Quelle consolation pour cette femme de voir, par une faveur insigne, votre face adorable, ô mon divin Maître, imprimée sur son suaire!

— Mon enfant, voilà ce que l'on gagne à me suivre dans la voie des tribulations. A ces amis de mon cœur sont réservées les grâces de choix, prix de la générosité.

SEPTIÈME STATION

Deuxième chute.

— Divin Jésus, vous succombez encore et vous poursuivez votre marche sanglante!

— Mon enfant, je suis tombé pour relever le courage des âmes faibles.... Ah! il me blesse à la prunelle de l'œil, celui qui se défie de la miséricorde de mon Père et qui désespère de son salut.

HUITIÈME STATION

Les filles de Jérusalem consolées par Jésus.

Que vos paroles furent précieuses pour ces âmes désolées, ô mon Sauveur! Oh! parlez-moi aussi dans toutes mes douleurs.

— Mon enfant, bienheureux ceux qui pleurent et qui pleurent sur leurs fautes!... Ils seront consolés; j'essuierai moi-même leurs larmes.

NEUVIÈME STATION

Troisième chute.

Encore Jésus le front dans la poussière! Mais il se relève avec plus de force et de courage encore.

— Patience, mon enfant, patience. Sois toujours confiant en moi. La vie de l'homme est un combat continuel; mais Dieu ne permet jamais qu'il soit tenté au-dessus de ses forces, et sa récompense sera grande.

DIXIÈME STATION

Jésus est dépouillé de sés vêtements.

Comme vous souffrez, ô mon Jésus! Votre corps n'est plus qu'une plaie!...

— Mon enfant, je souffre pour expier tant d'attaches condamnables, et t'apprendre surtout à te laisser dépouiller de ta propre volonté. Si tu veux le ciel, travaille à te détacher, travaille avec persévérance ; cette lutte sera crucifiante pour la nature, mais je te soutiendrai.

ONZIÈME STATION

Jésus attaché à la croix.

Jésus ! oh ! que le temps de vos souffrances est long ! que votre calice est difficile à épuiser ! .

Il vous faut encore subir l'horrible supplice de la croix !

— Mon enfant, courage ! Un moment de tribulation procure un poids immense de gloire dans le ciel. Quand la maladie te clouera sur un lit de douleur, songe à ton Sauveur sur la croix.

DOUZIÈME STATION

Jésus mourant sur la croix.

Qu'entends-je, ô mon divin Modèle ? Est-ce bien vous qui dites : « Mon Dieu ! mon Dieu ! pourquoi m'avez-vous abandonné ? »

— Ah ! mon enfant, si je n'avais pas prononcé cette parole, tu n'aurais pas connu la plus amère de toutes les douleurs. Quand il plaira au Seigneur de te délaisser, sache remettre ton âme entre ses mains.

TREIZIÈME STATION

Jésus est déposé dans les bras de sa mère.

Ah ! ma Mère ! c'est votre cher Fils, brisé, meurtri, méconnaissable !...

— Oui, mon enfant, c'est mon Jésus anéanti,

c'est mon Jésus doux, humble, obéissant... jusqu'à la mort de la croix! En me faisant ta mère sur le calvaire, il a voulu nous unir par l'amour, afin que sur mon cœur tu deviennes un autre Jésus!...

QUATORZIÈME STATION

Jésus est mis dans le tombeau.

Jésus repose trois jours dans le tombeau, pour en sortir vivant et glorieux.

— Un tombeau m'attend aussi, mais je sais que j'en sortirai au dernier jour. O Jésus ! que cet espoir m'anime. Comme je serai heureux d'aller partager votre bonheur, et de vous être réuni pour l'éternité bienheureuse.

Il serait bon de terminer son Chemin de Croix par un acte de contrition, et par la récitation de cinq *Pater* en l'honneur des cinq plaies de Notre-Seigneur, et aux intenttons des Souverains Pontifes.

Les infirmes peuvent faire le chemin de la croix dans leur chambre, en ayant un crucifix indulgencié.

Les âmes qui souffrent peuvent se servir de ces courtes réflexions pour en faire de temps en temps le sujet de leur méditation.

Rien ne fortifie l'âme comme le souvenir de la Passion. Les saints la méditaient sans cesse, voilà pourquoi ils aimaient la souffrance et les humiliations.

Les âmes dévotes à la Passion ont ordinairement une mort très douce. C'est la récompense, bien grande, que leur accorde notre Sauveur bien-aimé.

Demandons sans cesse à la très sainte Vierge de nous obtenir l'amour pratique de Jésus crucifié.

DÉVOTION A L'ENFANT JÉSUS

Saint Antoine avait une tendre dévotion au saint Enfant Jésus. Un jour qu'il était en oraison, cet adorable Enfant daigna lui apparaître et se reposer entre ses bras. Le Saint put contempler, adorer, embrasser son aimable Sauveur Jésus! Oh! l'inexprimable félicité!...

Prière à l'Enfant Jésus.

O Jésus, combien j'envie le sort de votre serviteur saint Antoine, que vous avez réjoui de vos familiarités les plus suaves! Ah! si je ne puis espérer ici-bas de semblables faveurs, du moins, mon doux Jésus, accordez-moi un cœur pur afin que je puisse vous recevoir dans la sainte Communion, en attendant le jour heureux où je vous verrai et vous aimerai éternellement. Ainsi soit-il.

Dévotion de saint Antoine à la Sainte Vierge.

Saint Antoine, nous l'avons dit, avait été initié à la dévotion à notre Mère du ciel par sa mère de la terre, et sa dévotion allait toujours grandissant. Marie témoignait son amour à son serviteur par des grâces de choix; elle daigna même lui apparaitre un jour qu'il était en contemplation dans les grottes de Brives, et elle le délivra de la puissance du démon venu pour l'attaquer.

Ces grottes sont devenues célèbres; on y voit aujourd'hui une chapelle dédiée à Notre-Dame du Bon-Secours, une autre à saint Antoine.

Prière pour obtenir la protection de Marie pendant la vie, et surtout à l'heure de la mort.

O douce Vierge, qui êtes si près du trône de la Très Sainte Trinité, et à qui il est permis de prier sans cesse pour nous, souvenez-vous de moi à toutes les heures de ma vie auprès de votre tout aimable Fils. Assistez-moi, combattez pour moi, remerciez pour moi, et obtenez-moi le pardon de tous mes péchés. Assistez-moi, surtout à ma dernière heure ; encouragez-moi, faites le signe de la croix pour moi, aspergez-moi d'eau bénite, combattez pour moi le méchant ennemi. Professez en mon nom la croyance du chrétien, et faites que je ne désespère jamais de la miséricorde de Dieu. Lorsque je ne pourrai plus dire *Jésus !* Mon Dieu, je remets mon âme entre vos mains, dites-le pour moi. Ne Vous éloignez pas de moi que je n'aie soutenu mon jugement, et quand je serai dans les flammes du purgatoire, oh ! priez instamment Jésus votre divin Fils, de laisser distiller une goutte de son sang adorable sur ma pauvre âme, et une autre sur toutes celles qui partageront ma douloureuse captivité ; inspirez mes amis, afin qu'ils prient pour moi. Diminuez ma peine, délivrez-moi bientôt et conduisez mon âme dans le ciel, avec Vous, pour que, uni à tous les élus, je puisse y bénir et y louer mon Dieu, et vous-même, ô ma tendre Mère, pendant l'éternité. Ainsi soit-il.

Depuis que je dis cette prière, disait une âme pieuse, mes frayeurs de la mort vont toujours en diminuant.

Invocation à Marie dans la tentation.

O ma Souveraine, ô ma Mère, souvenez-vous que je vous appartiens, gardez-moi, défendez-moi comme votre bien et votre propriété.

(40 jours d'indulgence, chaque fois qu'on récite cette prière au moment de la tentation. Pie IX, 5 août 1851.)

Dévotion de saint Antoine de Padoue à la Sainte-Famille.

Saint Antoine avait une tendre dévotion à la Sainte-Famille. Les noms si doux : *Jésus, Marie, Joseph !* étaient sans cesse sur ses lèvres, parce qu'ils étaient dans son cœur, tout brûlant d'amour pour son bien-aimé Sauveur, pour sa Mère tout aimable, et pour saint Joseph, objet, lui aussi, de sa tendre dévotion. Il recourait à ce grand saint afin d'obtenir, par son intercession, les faveurs qu'il sollicitait de Jésus et de Marie.

Les dévots à saint Antoine doivent l'imiter et recourir sans cesse à la Sainte-Famille, suppliant leur protecteur d'être leur avocat, et de présenter lui-même leur requête à Jésus, à Marie et à Joseph. C'est le vrai moyen d'en obtenir toutes sortes de faveurs.

Prière à la Sainte-Famille.

O la plus noble et la plus sainte de toutes les familles, Jésus, Marie, Joseph, vous dont les Noms, au-dessus de tous les noms, font la joie du ciel, l'espoir de la terre et la terreur des enfers !

Je me joins à toute la cour céleste, et en même temps à ces âmes justes qui vous honorent ici-bas, pour rendre hommage à vos grandeurs sublimes, et pour vous remercier de tous vos bienfaits.

Que vos aimables Noms soient toujours de plus en plus connus, aimés et glorifiés ; que votre doux culte s'étende jusqu'aux extrémités de la terre et se maintienne jusqu'à la fin des temps ! Tous ceux qui vous auront trouvés jouiront de la vie, et posséderont le gage de la bienheureuse immortalité.

Soyez toujours, ô Famille sainte, l'objet de ma vénération et de mon amour. Que j'imite vos exemples, et qu'après vous avoir aimé et honoré sur la terre, j'ai le bonheur de vous contempler au Ciel, et de partager votre félicité, avec tous les membres de ma famille. Ainsi soit-il.

Dévotion de saint Antoine de Padoue à saint Joachim et à sainte Anne, patrons des familles chrétiennes.

L'amour ardent de saint Antoine pour la Très Sainte Vierge nous laisse entrevoir sa tendre dévotion pour ses augustes parents. A son imitation, vénérons, chérissons saint Joachim et sainte Anne, et les bénédictions du Ciel descendront sur nous et nos familles dont ils sont les illustres protecteurs.

Prière à saint Joachim et à sainte Anne.

O Joachim, embelli du souffle divin ! Anne resplendissante de la divinité ! Vous êtes les deux lustres d'où est sortie la lampe mystérieuse et inaltérable autour de laquelle on ne saurait apercevoir l'ombre la plus légère. La grâce dont Marie a reçu la plénitude, vous a surabondamment enrichis.

A ses prières, joignez vos prières, afin que le Seigneur accorde à nos âmes la jouissance de ses miséricordes infinies.

O Père de la Reine du Ciel, Aïeul du Roi des siècles, saint Joachim, obtenez pour nous une heureuse mort de votre Fille, l'auguste Marie et de votre Petit-Fils, le Sauveur Jésus.

Sainte Anne, priez pour nous, maintenant et à l'heure de la mort. Ainsi soit-il.

Saint Antoine de Padoue, soyez mon protecteur et mon avocat auprès de saint Joachim et de sainte Anne, et priez-les sans cesse pour moi.

Dévotion au Prince de la Milice angélique, l'Archange saint Michel.

Comme saint Antoine de Padoue, ayons une grande dévotion au glorieux saint Michel, il soutiendra nos âmes dans le combat que nous livre l'enfer. Marchons à la suite de ce Prince du Ciel, rangeons-nous sous son étendard, c'est celui de la victoire, du *triomphe éternel !*

Prière pour obtenir la protection de l'Archange saint Michel.

Très glorieux saint Michel, chef et Prince des « armées célestes, » vainqueur des esprits rebelles, serviteur de la maison du Roi éternel, notre conducteur admirable, d'une vertu surhumaine, établi particulièrement de Dieu pour introduire les âmes dans le paradis, daignez nous délivrer de tout mal, nous qui recourons à vous avec confiance, et faites, par votre incomparable protection, que nous soyons fidèles au service de Dieu jusqu'à notre dernier soupir. Ainsi soit-il.

Le glorieux saint Michel a été le premier défenseur de la gloire de Dieu, le premier serviteur de Jésus et de Marie.

Il se livra un grand combat dans le ciel. *Lucifer* leva *l'étendard de la révolte* et entraîna dans sa rébellion les anges orgueilleux. Saint *Michel* resta fidèle à son Dieu, et, à son exemple, *les bons anges combattirent le bon combat* et se déclarèrent *les serviteurs du Très-Haut.*

Le dénouement de ce drame fut : la *confirmation* des bons anges dans la grâce et la *possession* assurée du bonheur éternel, tandis que les anges révoltés furent chassés du ciel et condamnés à des supplices éternels.

Dans ce monde, il y a aussi *deux camps : celui de Dieu et celui de Satan.* Du côté de Dieu, il y a les *chrétiens fidèles,* ces hommes de foi qui cherchent à sauver leurs frères, qui passent leur vie en faisant le bien. Sur la terre, ils combattent pour la gloire du Christ : au ciel, ils seront dans son royaume et partageront sa félicité.

Du côté du démon, se trouvent les partisans du mal : ils sont pleins de zèle pour gagner des âmes à Satan.

Le démon a aussi son royaume : *c'est l'enfer.* C'est là qu'il recevra en sa société ceux qui ont combattu sous son drapeau : les *plus zélés* devront avoir la *meilleure part,* c'est-à-dire les *supplices les plus affreux.* Y pensent-ils, les malheureux pécheurs ?...

O mon Dieu ! éclairez-les, faites-leur entrevoir *ce que c'est que l'enfer,* afin qu'ils se convertissent sincèrement, qu'ils réparent le mal qu'ils ont commis par une sincère pénitence, et qu'ils méritent ainsi de retrouver leur place dans le ciel.

Nous, soyons toujours du côté de Dieu, du côté de l'Église, et, au grand jour du jugement, quand tous les hommes paraîtront devant le souverain Juge, nous échapperons à cette sentence : *Allez, maudits, au feu éternel;* et nous entendrons, au contraire, cet heureux appel aux joies célestes : *Venez, les bénis de mon Père, posséder le royaume qui vous a été préparé.*

Alors les méchants descendront dans l'abîme, et les justes monteront au ciel, pour y être infiniment heureux pendant la durée sans fin des **siècles éternels !...**

LES MYSTÈRES DU ROSAIRE (1)

MYSTÈRES JOYEUX

DIMANCHE

L'ANNONCIATION DE LA SAINTE VIERGE

Dans ce Mystère, nous considèrerons l'Ange Gabriel annonçant à Marie qu'elle sera Mère de Dieu. Demandons, par son intercession, la vertu d'humilité.

LA VISITATION DE LA SAINTE VIERGE

Dans ce Mystère, nous considèrerons la Très Sainte Vierge visitant sa cousine Élisabeth. Demandons, par son intercession, la vertu de charité.

LA NAISSANCE DE JÉSUS-CHRIST

Dans ce Mystère, nous considèrerons notre bon Sauveur naissant dans une étable pour l'amour de nous. Demandons, par l'intercession de Marie, la vertu de pauvreté.

(1) La dévotion à Marie a produit des merveilles dans le cœur de saint Antoine de Padoue. Cultivez de toute votre âme cette dévotion des élus et des saints.

Aimez le Rosaire ; pour le dire au moins une fois la semaine, récitez le dimanche les trois premières dizaines ; deux, les autres jours de la semaine. Couronnez ainsi votre Mère bénie : au Ciel, elle vous couronnera à son tour.

LUNDI

LA PRÉSENTATION DE JÉSUS AU TEMPLE

Dans ce Mystère, nous considèrerons la Très Sainte Vierge présentant son divin Fils au Temple. Demandons, par son intercession, la vertu de pureté.

LE RECOUVREMENT DE JÉSUS

Dans ce Mystère, nous considèrerons la Très Sainte Vierge retrouvant son divin Fils au Temple. Demandons, par son intercession, la vertu d'obéissance.

MYSTÈRES DOULOUREUX

MARDI

JÉSUS AU JARDIN DES OLIVES

Dans ce Mystère, nous considèrerons notre bon Sauveur Jésus au jardin des Olives Demandons, par l'intercession de Marie, un cœur brisé de douleur au souvenir de nos péchés.

LA FLAGELLATION DE JÉSUS

Dans ce Mystère, nous considèrerons notre bon Sauveur Jésus attaché à la colonne et cruellement flagellé. Demandons, par l'intercession de Marie, la vertu de patience.

MERCREDI

LE COURONNEMENT D'ÉPINES

Dans ce Mystère, nous considèrerons notre bon Sauveur Jésus couronné d'épines. Demandons, par l'intercession de Marie, la vertu d'humilité.

JÉSUS PORTE SA CROIX

Dans ce Mystère, nous considèrerons notre bon Sauveur Jésus portant sa croix. Demandons, par l'intercession de Marie, une résignation entière et parfaite à la sainte volonté de Dieu.

JEUDI

LE CRUCIFIEMENT DE JÉSUS

Dans ce Mystère, nous considèrerons notre bon Sauveur Jésus mourant sur la croix. Demandons, par l'intercession de Marie, une bonne et sainte mort.

MYSTÈRES GLORIEUX

LA RÉSURRECTION DE JÉSUS-CHRIST

Dans ce Mystère, nous considèrerons notre bon Sauveur Jésus sortant du tombeau. Demandons, par l'intercession de Marie, un véritable esprit de foi.

VENDREDI

L'ASCENSION DE JÉSUS AU CIEL

Dans ce Mystère, nous considèrerons notre bon Sauveur Jésus montant au ciel. Demandons, par l'intercession de Marie, la vertu d'espérance.

LA DESCENTE DU SAINT-ESPRIT

Dans ce Mystère, nous considèrerons notre bon Sauveur Jésus envoyant le Saint-Esprit à ses apôtres. Demandons, par l'intercession de Marie, la vertu de charité.

SAMEDI

L'ASSOMPTION DE LA SAINTE VIERGE

Dans ce Mystère, nous considèrerons la Sainte Vierge portée par les Anges dans le ciel. Demandons, par son intercession, une bonne et sainte mort.

LE COURONNEMENT DE LA SAINTE VIERGE

Dans ce Mystère, nous considèrerons la Très Sainte Vierge couronnée par son divin Fils dans le ciel. Demandons, par son intercession, toutes les grâces qui nous sont nécessaires.

CHANT DU ROSAIRE

Reine du Rosaire, | Daigne, douce Mère,
Voici tes enfants ; | Sourire à leurs chants.

Ave Maria (bis).

MYSTÈRES JOYEUX

I

Entends la louange
Que nous t'adressons ;
Du salut de l'Ange,
Nous te saluons.

II

L'amitié t'appelle,
Touchante bonté,
Tu voles sur l'aile
De la charité.

III

Dans de pauvres langes
J'adore, voilé,
Veillé par les Anges
Le Verbe incarné.

IV

Que va faire au temple
La fille du Roi ?
Prêcher par l'exemple
L'amour de la loi.

V

Pour que notre vie | Imitons Marie,
S'orne de vertus, | Et cherchons Jésus.

MYSTÈRES DOULOUREUX

VI

Amer sacrifice,
Jésus, plein d'effroi,
Dit : « que ce calice
S'éloigne de moi ! »

VII

Adore, ô mon âme,
Ton Dieu flagellé ;
De nous, il réclame
Un cœur détaché.

VIII

Majesté divine,
Quel sanglant affront,
Les bourreaux, d'épine,
Couronnent son front.

IX

Pécheur, pénitence :
De sa croix chargé,
Ton Maître en silence
Porte ton péché.

X

O profond mystère,
Sur le bois sanglant,

Contemple au Calvaire
Jésus expirant.

MYSTÈRES GLORIEUX

XI

Jésus, plein de gloire,
Sort de son tombeau ;
Chantons sa victoire,
Suivons son drapeau.

XII

Jésus, vers son Père,
Monte radieux.
Las de cette terre,
Aspirons aux cieux !

XIII

Saint-Esprit, enflamme
Nos cœurs trop humains,
Embrase notre âme
De tes feux divins.

XIV

Aux sphères célestes,
Mère, en t'élevant,
Aux périls terrestres
Soustrais tes enfants.

XV

Reine douce et bonne,
Gloire à tes vertus ;
Reçois la couronne
Que t'offre Jésus.

REFRAIN

Vive le Rosaire,
Chantons tous en chœur,
C'est un cri de guerre,
Cher à notre cœur !

CANTIQUE A SAINT ANTOINE DE PADOUE

Si votre nom de Padoue est la gloire,
Le monde entier proclame vos grandeurs :
De vos bienfaits, il bénit la mémoire,
A votre autel, on vient verser des pleurs.
Et de Toulon, la modeste boutique,
Où coule à flots et la grâce et le pain,
Verra ses murs changés en basilique
N'est-ce pas là son glorieux destin ?

On aime à voir votre angélique image
Où l'Enfant-Dieu sur votre livre ouvert ;
Par ses caresses, il vous donne le gage
Que par vos mains, il veut fermer l'enfer.
Que de faveurs par vous sont obtenues !
Satan rugit, il se sent enchaîné.
On voit sur mer vos grâces reconnues
Par le marin à vos pieds prosterné.

Après Jésus, Marie eut vos tendresses,
Enfant chéri de la Reine du Ciel,
Combien de fois vous goûtiez ses caresses,
Chaste avant-goût du bonheur éternel.
Durant vos nuits de calme et de prière,
Combien souvent votre cœur entonna
Ce cri d'amour, d'extase et de lumière,
Ce chant si doux : *O gloriosa Domina.*

Le lis des champs, emblème de votre âme,
Sur votre front rayonnait de blancheur ;
Du Séraphin, l'ardente et vive flamme
D'un trait brûlant embrasa votre cœur.
Quand, jeune encor, vous quittiez cette vie,
Quel doux sommeil vous transportait aux cieux !
A votre entrée en la sainte Patrie
Les Anges saints vous reçurent joyeux !

Obtenez-nous, en quittant cette terre,
De voir Jésus nous appeler au Ciel :
Sans regretter le monde et sa misère,
Monter en paix au royaume immortel.
Nous unissant aux doux concerts des Anges,
Nous chanterons l'éternel *Hosanna !*
En y joignant vos célestes louanges,
Mère chérie, *O gloriosa Domina !*

Prière à saint Antoine de Padoue pour obtenir une sainte mort.

Grand Saint, qui avez obtenu à tant de pécheurs
la grâce de mourir de la mort des justes, soyez, je
vous en conjure, mon défenseur, mon appui, quand
l'heure suprême sonnera pour moi, et que ma
pauvre âme sera sur le point de paraître devant le
Souverain Juge. Obtenez-moi, en ce moment déci-
sif, une grande confiance en la miséricorde divine,
un abandon total à la volonté du Seigneur, une par-

faite contrition de tous mes péchés, la grâce inappréciable de recevoir *dignement* les secours de la religion, les derniers sacrements de l'Église, et enfin le bonheur d'expirer entre les bras du Sauveur et de sa sainte Mère, en prononçant avec amour leurs Noms si doux et à jamais bénis. Ainsi soit-il.

CANTIQUES

Je suis chrétien.

Je suis Chrétien, voilà ma gloire,
Mon espérance et mon soutien,
Mon chant d'amour et de victoire
Je suis Chrétien! je suis Chrétien!

Je suis Chrétien! à mon baptême,
D'être à Dieu, j'ai fait le serment;
Et jusqu'à mon heure suprême
Je le garderai noblement.

Je suis Chrétien! sur cette terre,
Je passe comme un voyageur,
Rien ne peut m'y fixer, m'y plaire :
Au ciel se trouve le bonheur.

Je suis Chrétien! dans cette vie
La route est pleine de douleurs,
Mais un Dieu l'a d'abord suivie,
Chrétien! courage! en haut les cœurs!

Je suis Chrétien! je crois, j'espère,
J'aime et je prie à deux genoux;
Je dis ce que disait ma mère :
Seigneur, ayez pitié de nous.

Je suis Chrétien! j'ai pour bannière
La Croix de *Jésus* mon *Sauveur*,
Ses ennemis lui font la guerre
Mais je me ris de leur fureur.

Je suis Chrétien! du Pain de vie
Quand tous oseraient s'abstenir,
J'irais à la Table bénie
M'agenouiller et m'en nourrir.

Je suis Chrétien! Dieu qui m'appelle
Veut le tribut de ma ferveur
Et moi je veux être fidèle
A garder le jour du Seigneur.

Je suis Chrétien! de mes tristesses
Je ne puis supporter le poids;
Le prêtre entendra mes faiblesses
Et Dieu m'absoudra par sa voix

Je suis Chrétien! je suis le frère,
De Jésus-Christ mon Rédempteur :
L'aimer, Le servir et Lui plaire
Fera ma gloire et mon bonheur.

Je suis Chrétien! je suis le temple
De l'Esprit-Saint, du Dieu d'amour;
Celui que tout le ciel contemple
Possède mon cœur sans retour.

Je suis Chrétien ! la mort est belle
Quand on a bien reçu son Dieu,
La douleur fuit, l'âme immortelle.
Entre en chantant dans le saint Lieu.

Je suis Chrétien ! ô ma patrie,
Beau ciel, j'irai te voir un jour !
En Dieu je trouverai la vie,
La paix, le bonheur et l'amour.

Je suis chrétien ! c'est *par Marie*
Que je veux *aller à Jésus* :
Pour trouver la grâce et la vie,
Voilà le *secret* des élus.

Je suis Chrétien ! Vierge Marie,
A Vous mon tendre souvenir,
A Vous mon cœur, à Vous ma vie,
Je veux Vous aimer, Vous servir.

Nous voulons Dieu.

Nous voulons Dieu! ce cri de l'âme,
Que nous poussons à ton autel,
Ce cri d'amour qui nous enflamme,
Par toi, Marie, qu'il monte au ciel !

REFRAIN

Bénis, ô tendre Mère,
Ce cri de notre foi :
Nous voulons Dieu, c'est notre Père !
Nous voulons Dieu, c'est notre Roi !

Nous voulons Dieu dans la famille,
Dans l'âme de nos chers enfants,
Pour que la foi s'accroisse et brille
A nos foyers reconnaissants.

Nous voulons Dieu dans nos écoles
Afin qu'on enseigne à nos fils
Sa loi, sa divine parole,
Sous le regard du crucifix.

Nous voulons Dieu, sa sainte image
Doit présider aux jugements ;
Nous le voulons au mariage
Comme au chevet de nos mourants.

Nous voulons Dieu dans notre armée,
Afin que nos jeunes soldats,
En défendant la France aimée,
Soient des héros dans les combats !

Nous voulons Dieu pour que l'Église
Puisse enseigner la vérité,
Combattre l'erreur qui divise,
Prêcher à tous la charité.

Nous voulons Dieu, de sa Loi sainte
Jurons d'être les défenseurs ;
De Le servir libres, sans crainte,
Jusqu'à la mort à lui nos cœurs.

Nous voulons Dieu, le Ciel se voile,
La tempête agite les flots ;
Brille sur nous, ô blanche Étoile,
Conduis au port nos matelots.

Nous voulons Dieu, Vierge Marie,
Prête l'oreille à nos accents,
Nous t'implorons, Mère chérie,
Viens au secours de tes enfants.

Nous voulons que sa clémence
Exauce nos ardents désirs,
S'il faut du sang pour ta défense,
Seigneur, nous serons tes martyrs.

Chrétiens, notre antique alliance
Renouons-la dans ce saint lieu;
Et crions au nom de la France :
Nous voulons Dieu! Nous voulons Dieu!

La Foi, l'Espérance, la Charité.

Jésus dans ce mystère,
Nous voile son amour.
Son Corps est sur la terre
Mon pain de chaque jour.
Son Sang est mon breuvage,
Mon cœur est son autel !

Seigneur, je *crois* et je veux sans nuage,
Je veux te voir (*bis*),
Je veux te voir pour t'aimer davantage,
Oh! laisse-moi monter au ciel !

Au ciel, quelles délices
Inondent les élus;
Là, plus de sacrifices
On est tout à Jésus.
J'attends cet héritage
Il m'a fait immortel !

Seigneur, j'*espère* et je veux sans nuage,
Je veux te voir (*bis*),
Je veux te voir pour t'aimer davantage,
Oh ! laisse-moi monter au ciel !

Ici, plus que moi-même
J'aime ce divin Roi ;
Oui, je sens que je l'aime
Et cet amour pour moi
Bientôt sera le gage
D'un amour éternel !

Seigneur, je t'*aime* et je veux sans nuage,
Je veux te voir (*bis*),
Je veux te voir pour t'aimer davantage,
Oh ! laisse-moi monter au ciel !

———

Comment douter de ta présence

Comment douter de ta présence,
Au sacrement de nos autels ?
D'où sort donc la toute puissance
Sinon du sein de l'Eternel ?

O Dieu Sauveur, quelle merveille !
Et quelle épreuve pour ma foi !
Mais ce miracle la réveille,
Le Verbe parle et je le crois (*bis*).

O vous qui vers la Table sainte,
Redoutez de porter vos pas,
Préférez l'amour à la crainte,
Jésus ne vous renverra pas.
Vous verserez de douces larmes,
Votre Sauveur les recevra,
Pour vous, il n'aura que des charmes,
Et sa beauté vous ravira.

Dieu caché, mon âme t'implore,
Tabernacle de l'Eternel,
Je m'humilie et je t'adore,
Confus au pied de ton autel.
Si dans tes temples l'on t'outrage,
Moi, je tressaille à ton aspect;
Heureux si je te dédommage
Par mon amour, par mon respect.

Dieu de paix et d'amour

Dieu de paix et d'amour, lumière de lumière,
Verbe dont les splendeurs éblouissent les cieux,
Je t'adore caché sous l'ombre du mystère
    Qui te voile à mes yeux.

Oh! qui me donnera des paroles ardentes,
Des paroles du ciel, une langue de feu,
Une angélique voix et des lèvres brûlantes
    Pour te bénir mon Dieu!

Ton Sang de Rédempteur a coulé dans mes veines,
Tes Anges et tes Saints ont envié mon sort,
Et tu m'unis à toi par d'amoureuses chaines
    Plus fortes que la mort !...

Oh ! depuis que mon âme à ton Ame est unie,
Je ne suis plus qu'amour, espérance et désirs,
Ton Cœur est tout mon cœur, et ta vie est ma vie ;
Tes soupirs, mes soupirs.

Maintenant, ô Seigneur, les choses de la terre
Sont vaines à mes yeux comme une ombre qui fuit ;
C'est un vaste désert que tristement éclaire
Le flambeau de la nuit.

Que ne puis-je habiter toujours en ta présence
Comme le Séraphin qui te contemple au ciel,
Comme la lampe d'or qui la nuit se balance
Devant ton saint autel !

Enlève-moi, Seigneur, de la terre où l'on pleure,
Montre-moi ta beauté, cache-moi dans ton sein ;
Les siècles pour t'aimer, les siècles sont une heure,
Mais une heure sans fin !...

(Chants à l'Eucharistie.)

Je te donne mon Cœur

Je te donne mon cœur avec ses vives flammes,
Avec ses vœux et ses soupirs ;
Donne-lui tes rayons, divin Soleil des âmes,
Toi seul peux combler ses désirs.

CHOEUR

Donne-moi ton amour et reçois en échange,
L'hommage de mon cœur

Rends-le saint, rends-le pur comme celui d'un ange,
O mon Sauveur !

Je te donne mon cœur *par les mains de Marie*
Pour qu'il te soit mieux consacré,
Pour qu'il soit embrasé jusqu'au soir de ma vie
Du feu de ton amour sacré.

Je te donne mon cœur, qui si souvent chancelle
Dans la pratique des vertus,
Donne-lui ton secours, pour qu'il te soit fidèle
Et qu'il ne te résiste plus.

Je te donne mon cœur, c'est pour la vie entière,
Jésus seul tu seras son Roi,
Sans trêve ni repos qu'il travaille à te plaire
Et qu'il expire un jour pour toi.

Je te donne mon cœur, tout inondé de larmes,
Souffrant mille et mille douleurs,
Dissipe ses tourments, ses craintes, ses alarmes,
Enivre-le de tes douceurs.

Je te donne mon cœur, brisé par la souffrance,
Dans ses luttes de chaque jour ;
Au milieu des périls, sois l'ancre d'espérance,
Qu'il triomphe par ton amour.

Adorons ici notre Dieu

Adorons ici notre Dieu
C'est lui, chrétiens, rendons-lui notre hommage,
Que la foi perce le nuage
Qui nous le cache en ce Saint Lieu (*bis*).

Bénissez-nous divin Jésus,
Jetez sur nous un regard salutaire,
Le doux regard d'un tendre Père,
Ce regard qui fait vos élus.

Le Perpétuel Secours

Si le monde cherche à me prendre
Dans un piège trompeur,
Hélas ! qui saura me défendre
De ce loup ravisseur?
C'est la Vierge Marie,
Qui de son bras puissant,
Loin de ce monde impie
Gardera son enfant.

REFRAIN

Marie, ô Vierge puissante !
Protège-moi, ah ! défends-moi toujours,
O Mère tendre et vigilante,
Sois mon perpétuel secours.

Quand l'affreuse tempête gronde
Sous un ciel orageux,
Quand je vois se soulever l'onde
Sous les vents furieux,
C'est la Vierge puissante
Qui brave leurs efforts,
Et conduit triomphante
Ma barque vers le port.

Sois mon Secours, ô Marie

Sainte Vierge Marie,
O ma Mère chérie,
Sois toujours (*bis*)
Mon Perpétuel secours.

Vierge Marie,
Je suis à Toi;
Je t'en supplie,
Ecoute-moi,
O tendre Mère!
Porte mes vœux,
Et ma prière
Jusques aux cieux.

Je me confie
A ta bonté,
Mère remplie
De charité.
Je m'abandonne
A toi toujours,
Mère, si bonne
Sois mon secours!

Mère si bonne,
Je *t'aime tant!*
Oh! donne, donne
A ton enfant,
L'ardente flamme
De ton Jésus,
La paix de l'âme
Et tes vertus.

Sur cette terre,
Point de repos,
De joie entière,
Toujours des maux,
Vierge Marie,
Vois mes douleurs,
Je t'en supplie,
Sèche mes pleurs.

Nous avons ajouté ces quelques cantiques dans l'espoir que ces chants pieux auraient leur utilité et leur agrément dans les écoles, ouvroirs et ateliers chrétiens. Ils peuvent aussi charmer les longues soirées d'hiver dans les familles pieuses.

TABLE DES MATIÈRES

Le Testament spirituel, excellente brochure, qui devrait se trouver dans toutes les familles chrétiennes. *Franco*, **6 fr.** le cent.

Pratiques de piété en l'honneur du Sacré-Cœur.
6 fr. le cent.

La journée de l'Enfant de Marie
5 fr. le cent.

— Lille. Typ. A. Taffin-Lefort. 1895. —

LA CLEF DU CIEL

Recueil de Considérations diverses sur le culte de Marie, d'un Choix de Messes, d'Exercices préparatoires à la réception des Sacrements de Pénitence et d'Eucharistie et de Réflexions pieuses pour les fêtes de l'année

In-18 de 900 pages.

Reliure anglaise . . .	**2 75**
Reliure façon chagrin . .	**3 50**

Cet excellent ouvrage, fait sous la direction d'un ecclésiastique distingué, contient une doctrine exacte et solide. Il s'en dégage un parfum d'onction et de piété des plus édifiant.

Nous le présentons avec confiance aux familles chrétiennes, et nous sommes persuadés qu'il contribuera à leur sanctification et leur rendra les plus précieux services.

(Revue religieuse de Rodez.)

LE SECRET DU BONHEUR

ou

L'AME FAISANT SES DÉLICES DE LA DIVINE EUCHARISTIE

In-32 raisin encadré de 620 pages.

Imitation basane.	» **75**
Percaline tr. rouge	**1** »
Imitation basane, tr. dorée, fleur or . .	**1 05**
Percaline tr. dorée	**1 20**
Façon chagrin	**1 75**

Le Secret du bonheur. C'est le titre d'un ouvrage qui révèlera à bien des âmes où se trouve le bonheur d'ici-bas. Mères chrétiennes, donnez à cet excellent livre une place de choix dans votre bibliothèque de famille.

(Revue religieuse de Rodez.)

347